Von TWINS bisher erschienen als Printbuch und E-Book in der Serie Schwarzer Tiger:
Buch 1 Coming Home
  Band 1 Arrival
  Band 2 Marcello
  Band 3 Marcello's Home
  Band 4 Beach Party

TWINS
1 Coming Home
Band 4 Beach Party
Buchserie Schwarzer Tiger

Roman

Bibliografische Information der Deutschen Nationalbibliothek:

Die Deutsche Nationalbibliothek verzeichnet diese Publikation in der Deutschen Nationalbibliografie; detaillierte bibliografische Daten sind im Internet über http://dnb.dnb.de abrufbar.

Originalausgabe

© 2023 TWINS

Umschlaggestaltung und Illustrationen: TWINS

Lektorat und Korrektorat: TWINS

Satz: TWINS

Herstellung und Verlag: BoD – Books on Demand, Norderstedt

ISBN 978-3-7347-0016-3

TwinsSchwarzerTiger

Gregory griff Paulas Trolley, sie hakte sich bei ihm ein, zusammen schlenderten sie voraus zum Gebäude, wie immer hatte sie keinerlei Berührungsängste, wir folgten ihnen.

»Er wirft sich wirklich sehr an sie ran und sie sich an ihn«, seufzte ich. »Ich danke dir, dass du auf uns aufpasst.« Ich kuschelte mich im Gehen an Marcello, er legte seinen Arm um mich.

»Immer, meine Prinzessin. Ich beschütze dich.«

»Auch vor deinem besten Kumpel?«

»Wenn es nötig ist, dann auch vor ihm, sicher.« Er küsste mich aufs Haar. Wir durchquerten die Halle, die beiden standen vor einem kleinen Lieferwagen, er kam mir bekannt vor, irgendwo hatte ich den schon mal gesehen, bloß wo, fiel mir gerade nicht ein. Die beiden hielten Händchen und wirkten schon so vertraut, als würden sie sich gleich küssen, ungläubig schüttelte ich den Kopf, Claudia hatte wirklich nicht übertrieben was ihn anging, er war tatsächlich sehr beliebt bei Frauen!

»Das ist ja so cool, dass du einen Lieferwagen fährst!«, schwärmte sie. »Ich kenne niemanden, der einen hat. Braucht man dafür einen besonderen Führerschein?«

»Keine Ahnung. Ich brauche keinen, ich kann Auto fahren!«, prahlte er.

»Wie abgefahren!«

»Bis später.« Marcello nickte ihm zu.

»Jo Tiger, bis dann!« Gregory lächelte ihn freundlich an, da verwandelte sich Marcello in einen Tiger!

»Oh nein!«, rief ich entsetzt, sie drehte sich überrascht zu uns um und riss erstaunt die Augen auf. »Marcello, nicht, du sollst doch kein Tiger vor ihr sein!«

Er wurde wieder Mensch, jetzt starrte sie ihn erst recht fassungslos an. »Aber wieso denn, sie weiß es doch schon längst, dass ich ein Tiger bin!«, widersprach er.

»Nein, wusste sie nicht, jedenfalls bis jetzt nicht. Paula, es ist so ...« Wie sollte ich ihr das bloß erklären!

»Ist er wirklich ein Tiger?«, fragte sie da verblüfft.

»Ja, ist er.« Gregory zuckte lässig mit den Schultern.

»Oh wow! Wie abgefahren! Kannst du das auch?« Neugierig sah sie ihn an, er lachte.

»Nein, leider nicht.«

»Warum hast du mir das nicht erzählt, Kathleen? Dann wäre ich sofort hergekommen! Wie cool ist das denn! So was habe ich noch gesehen, wie machst du das?« Begeistert starrte sie Marcello an, war ich erleichtert, sie konnte nichts schocken im Gegenteil, sie fand es sogar spannend!

Er hob die Schultern. »Das geht von allein, weil ich ein Tiger bin.«

»Megamäßig!«, jubelte sie. »Ich bin echt gespannt, was es hier noch so alles gibt. Du zeigst mir doch alles, oder Gregor?« Sie legte die Arme um seinen Hals und sah nun wirklich so aus, als würde sie ihn gleich küssen, er grinste.

»Alles, was du willst, Sweety!«

»Er heißt übrigens Gregory, Paula, nicht Gregor!«, korrigierte ich sie.

»Gregor hat gesagt, ich kann ihn nennen, wie ich will!«, antwortete sie schnippisch.

»Komm, steig ein.« Er nahm sie an der Hand und führte sie auf die Beifahrerseite, öffnete ihr die Tür und hob sie hinein, ein Gentleman war er auf alle Fälle.

»Wollen wir?« Marcello war wieder ein Tiger, ich setzte mich auf ihn, Gregory stieg ein, winkte uns zu, hupte zweimal und fuhr los.

»Da haben wir Glück gehabt, dass Paula so cool ist. Aber echt Marcello, ich hatte dich extra darum gebeten, es ihr schonend beizubringen!«

Er sprintete los, ich klammerte mich an ihm fest. »Sie hat gesagt, da ist ja dein Tiger. Sie hat es gewusst!« Stimmt, das hatte sie gesagt, aber sie hatte es ja nicht wörtlich gemeint, egal, ich seufzte, während er lief konnte ich mich sowieso nicht mit ihm unterhalten. Er rannte die gleiche Strecke zurück, die wir gekommen waren, wir waren so schnell! Schon sprang er durch die Terrassentür ins Haus und stoppte, doch dieses Mal war ich vorbereitet und hielt mich besonders an ihm fest, sonst wäre ich wohl erneut aufs Bett geworfen worden. Ich stieg von ihm ab, er streckte sich wohlig aus und schloss die Augen.

Belustigt betrachtete ich ihn. »Das ist jetzt echt nicht die Zeit für ein Nickerchen, Marcello! Gregory und Paula kommen gleich und wir müssen putzen.«

Er gähnte und entblößte dabei sein Raubtiergebiss, ich erschauderte. So süß er auch

aussah, er war und blieb nun mal ein Raubtier!
»Nein, kein Stress, wir haben Zeit.«

»Das vielleicht, aber der Einkauf wird nicht so lange dauern beziehungsweise werden wir uns beeilen müssen, es gibt schon einiges hier noch zu tun.«

Er schlug die Augen auf und schaute mich gelassen an. »Sie kaufen nicht ein.«

»Doch«, widersprach ich, »genau das haben wir doch so mit ihm abgesprochen.«

»Ja, ich weiß.« Er gähnte abermals und schloss sie wieder. »Und er meinte, es geht nicht und er hat recht, es ist Wochenende, alle Läden haben zu.«

»Oh, stimmt ja. Dann fährt er eben ins Nachbardorf und kauft da ein.«

»Da ist auch alles zu.«

»Und jetzt?«

»Jetzt essen sie im Vaters, weil er mir versprochen hat, sie nicht mit zu sich zu nehmen. Also wir haben Zeit. Und müssen nicht putzen?« Hoffnungsvoll sah er mich an.

»Guter Versuch. Hmm … nun gut, aber irgendwann werden sie zu uns kommen. Los, fauler Tiger, steh auf, lass uns anfangen!« Aber hatte Claudia nicht gesagt, dass Gregorys Mutter der Laden gehörte, hätte er da nicht auch am Samstag was für uns besorgen können? Und warum hatte er es mir nicht gesagt? Marcello erhob sich, streckte sich der Länge nach wie eine große Katze, amüsiert kicherte ich, taperte zu mir und kuschelte sich an meine Beine. Ich kraulte ihm den Kopf, zufrieden knurrte er, dann klopfte ich ihm auf den Rücken. »Komm, nun aber!«

»Können wir nicht kuscheln?«

Ich lachte. »Später, wenn es hier sauber ist!«

»Okay«, seufzte er ergeben.

»Hol gleich mal die Putzsachen und dann teilen wir uns auf, ich helfe dir!« Er schmiegte sich erneut an mich. »Nein, nein, Marcello, komm, hol den Putzkram, den Staubsauger zum Beispiel, Wasch- und Reinigungsmittel, einen Scheuerlappen, Schwamm, Eimer und Mob.«

»Das habe ich alles nicht. Aber einen Besen gibt es.«

Ich seufzte. »Du putzt tatsächlich nicht gerne, was? Na schön, dann starten wir mit dem Besen!«

Unzufrieden trottete er davon, ich folgte ihm in die Küche, das Wasser aus der Waschmaschine war nun zu einer dreckigen

Pfütze auf dem Boden geworden, vielleicht war es doch gut, dass Gregory Paula zum Essen ausführte. Marcello öffnete mit seinem Maul einen hohen Schrank neben dem Regal mit dem Geschirr, doch der war leer. »Ich glaube, den Besen habe ich Benjamin geliehen.«

»Und nun?«, fragte ich ratlos. »Ohne irgendwas kann ich dir auch nicht weiterhelfen!«

»Kein Problem Süße, ich renn gleich mal rüber zu ihm und er hat bestimmt auch die anderen Sachen, die du brauchst!«

»Na gut. Ist es weit weg?«

»Nein, er wohnt neben mir.« Dann war das freundliche Haus mit der Holzbank sein Haus gewesen, kein Wunder, dass ich es so gemocht hatte, ich hatte doch gewusst, dass dort nur sympathische Leute leben konnten!

»Wie klasse, ich liebe sein Haus! Mit den Blumen und der gemütlichen Holzbank!«, schwärmte ich.

Er schüttelte seinen Tigerkopf. »Nein, dort wohnt er nicht.«

»Aber du hast doch gesagt, er wohnt neben dir?«

»Ja, aber nicht direkt, zwei Häuser weiter.«

»Oh, okay, wer wohnt dann direkt neben dir?«, fragte ich neugierig.

»Na, Gregory!«

»Was? Der?« Ich konnte es nicht glauben, darauf wäre ich nie gekommen! Deswegen wussten die beiden auch alles voneinander und sahen sich so häufig.

»Bis gleich.« Er flitzte aus der Küche.

Ich sah mich um, aber ohne jegliche Arbeitsmittel konnte ich nichts anderes tun, als auf ihn zu warten. Ich ging ins Schlafzimmer, setzte mich auf die Matratze, nahm die Tasse und trank sie aus, der Tee war jetzt eiskalt, er würde ihn so lieben. Warum konnte er ihn eigentlich nicht heiß trinken und wenn er Menschennahrung trinken konnte, konnte er sie auch essen? Normale Nahrung? Vielleicht müsste er gar nicht zwangsläufig jagen gehen, ein Steak würde vielleicht auch ausreichen? Aber das fragte ich besser nicht, sonst würde er mir wieder vorwerfen, ich respektierte sein wahres Wesen nicht und wir uns wieder streiten, ich seufzte. Darauf hatte ich definitiv keine Lust, wir hatten genug gestritten für meinen Geschmack in der kurzen Zeit, in der wir uns erst kannten. Ich konnte es immer noch nicht glauben, dass Gregory in diesem freundlichen Haus wohnte! Keine Ahnung, wie ich mir sein

Zuhause vorgestellt hatte, aber auf jeden Fall nicht so einladend. Er war auch super nett zu Paula gewesen, okay, er hatte uns beide angebaggert und das vor Marcellos Augen, das war schon ziemlich unmöglich. Aber ansonsten war er sehr charmant und hilfsbereit und ein Gentleman, wieso dachte ich überhaupt an ihn! Er war echt nicht wichtig! Um mich abzulenken, öffnete ich die Schublade vom Nachttischchen, die vermutlich auch leer war, wie scheinbar alle Möbel hier in seinem Haus, doch das war sie nicht. Ein gerahmtes Foto lag drinnen, neugierig nahm ich es heraus. Es zeigte ihn in der Mitte von einem älteren Mann und einem Mädchen ungefähr in seinem Alter. Das war sicher sein Vater, er sah total freundlich aus und lächelte und sah ihm ähnlich, aber strahlte eine Souveränität und Ruhe aus, die ihm noch fehlte. Wer wohl das Mädchen war? Hatte Debbie nicht erzählt, dass er eine Schwester hatte? Vermutlich war sie das. Ich musterte sie, sie wirkte ebenfalls sehr sympathisch. Da sprang Marcello in den Raum, stoppte neben mir und stellte einen Eimer ab, den er im Maul getragen hatte. Sein Blick fiel auf das Bild, was ich in den Händen hielt, er verwandelte sich, nahm es mir aus der Hand und wirkte verärgert. Ich errötete.

»Entschuldige, Marcello. Ich wollte nicht ... es lag in der Schublade ... ich wollte hier wirklich nicht rumstöbern. Es ist ein sehr schönes Bild!« Wie peinlich, es war offensichtlich, dass es ihm unangenehm war, dass ich es gesehen hatte, aber andererseits war es ja auch nichts Schlimmes, woher hätte ich denn wissen sollen, dass er nicht wollte, dass es jemand sah! Er nickte knapp und verließ den Raum, oje, er schien richtig sauer! Unsicher folgte ich ihm auf den Flur, die rechte der zwei Türen am Ende des Gangs stand offen, das Zimmer sah so ähnlich aus wie seins, ein Bett stand dort und ein Nachttischchen. Er öffnete die Schublade und legte das Bild hinein, ich trat näher, er schaute hoch, schloss sie hastig wieder, ging aus dem Raum und zog die Tür zu. Ich blickte auf die linke geschlossene Tür und war mir sicher, dass er mir den Raum ebenfalls nicht zeigen wollte. »Wem gehören die Zimmer?«, fragte ich schüchtern.

»Meinem Vater und meiner Schwester«, sagte er knapp. »Sie sind sauber, die brauchen wir nicht putzen. Da ist niemand drin«, fügte er leise hinzu, mein Herz klopfte vor Mitgefühl. Wie furchtbar musste es sein, in einem Haus zu leben ganz allein und seine Familie zu vermissen, tagtäglich! Ich trat auf ihn zu und ergriff seine Hand, er schaute zu mir hoch, seine Augen waren ganz dunkel vor Traurigkeit.

»Es tut mir so leid, Marcello«, flüsterte ich und wollte ihn in den Arm nehmen, doch er wich zurück.

»Lass uns putzen, wir haben jetzt alles«, sagte er steif, verwandelte sich in einen Tiger und floh vor mir ins Schlafzimmer, ich seufzte. Wie konnte ich ihm bloß helfen? Ich hatte das Gefühl, dass er wie diese verschlossenen Türen, sich vor mir verschloss und seine Tigergestalt eine willkommene Möglichkeit war, sich vor mir und seinen Gefühlen zu verstecken. Ich betrat das Schlafzimmer, er stupste mit seiner Nase den Eimer an, der fiel um, sein Inhalt purzelte heraus. »Hier, alles geholt für dich!«, sagte er stolz. Ich musterte ihn, aber für mich war er als Tiger einfach undurchschaubar und undurchdringlich. Wie eine schützende Fassade ließ seine Gestalt nichts durchschimmern von ihm als Mensch mit seinen menschlichen Emotionen, Problemen und Gefühlen.

»Das ist klasse!« Ich kniete mich daneben, tatsächlich sah das ganz gut aus, Scheuerlappen,

Waschpulver, Putzschwämme, Neutralreiniger, Scheuermilch, Glas- und WC-Reiniger, aber was war das? »Fahrradöl und Pflanzendünger«, lachte ich. »Ich denke nicht, dass wir das brauchen werden!«

»Ich habe alles mitgebracht, was nach Putzen aussah, damit du nichts zu meckern hast, dass was fehlt!«

»Das ist gut, aber der Besen, Staubsauger, Mob fehlen.«

»Stimmt, okay, das hole ich noch!«

»Alles gut, es geht auch so.« Ich kraulte seinen Kopf, er tappte zu mir und schmiegte ihn an meinen, amüsiert lachte ich. »Ach Marcello, mein süßes Tigerchen! Du bist echt süß!« Eine Welle der Zuneigung und Verliebtheit durchströmte meinen Körper, er verwandelte sich, schmiegte nun seinen Kopf erneut an meinen wie gerade eben als Tiger, dann schnappte er mich und warf mich aufs Bett. »Hey!«, lachte ich überrumpelt.

Er kuschelte sich an mich und umarmte meine Taille, ich lag nun komplett in seinen Armen, und küsste meinen Nacken. »Mmh«, seufzte er verliebt, seine Hände rutschten unter mein Top, zärtlich streichelte er meinen Bauch. Ich drehte mich um, er streichelte nun unter meinem Top meinen Rücken hoch und wieder hinunter, ich bekam eine Gänsehaut. »Gefällt dir das?«, fragte er sanft.

»Ja, sehr.«

Er streichelte wieder nach vorn zu meinem Bauch und langsam höher in Richtung von meinem Busen. »Und gefällt dir das?«, fragte er leise, ich nickte atemlos und hoffte, er würde weitermachen. Langsam streichelte er sich höher, liebkoste mich, zog mein Top hoch und küsste mich, ich seufzte glücklich. Er war dabei so sanft, dass ich mich komplett fallenlassen konnte. Er strich mit seinen Fingern spielerisch an beiden Seiten hoch zu meinen Achseln und zog mir dabei geschickt das Top über den Kopf. Auch wenn Gregory mehr Erfahrung mit Frauen hatte, unerfahren war Marcello nicht, er wusste ganz genau, was er tun musste, um eine Frau zu verführen und er machte es so gut!

»Marcello, wir müssen putzen«, murmelte ich genüsslich.

»Pscht ... machen wir, später, entspann dich.«

Ich umarmte seinen Schopf, der nun auf meiner Brust lag, die er mit vielen heißen Küssen überhäufte. »Nein wirklich, gleich kommen Gregory und Paula ...«

»Das dauert noch, wir haben Zeit.« Er küsste meinen Hals hoch, sah mir innig in die Augen, seine Lippen berührten meine, wir küssten, dabei hielt er mich umschlungen, streichelte meinen Oberkörper. Ich schmiegte mich an seinen heißen Körper, meine Finger glitten unter sein Hemd und trafen auf weiches Fell, ich lächelte und strich sanft darüber. Er schaute mich an, seine Augen waren zu Tigeraugen geworden, er knurrte erregt und küsste mich verlangend. Auch mir wurde immer heißer und ungehaltener zumute, seine Hand rutschte meinen Rock hinunter auf meinen Po und streichelte ihn. Ich schmiegte meine Beine eng an seine, er griff nun mit beiden Händen an meinen Po, massierte ihn leicht, da knallte es! Erschrocken fuhr ich hoch, das Putzmittel war umgekippt. »Alles gut, komm, leg dich wieder hin«, seufzte er und zog mich in seine Arme, ich löste mich von ihm.

»Das war ein Zeichen, wir müssen jetzt wirklich putzen! Wie spät ist es?« Meine Handtasche lag in der Küche und darin war mein Handy.

»Das war kein Zeichen.« Er küsste meinen Rücken, ich schob seinen Kopf liebevoll, aber energisch von mir weg, verlangend blickte er mich an. Ich wollte ihn auch, aber ich konnte mich jetzt nicht gehen lassen, sonst stand dieses Mal nicht nur Gregory, sondern auch Paula grinsend vor der Terrassentür, während ich halbnackt auf dem Bett mit ihm rumturnte!

»Doch, war es!« Ich griff nach meinem Top und zog es mir über, bedauernd seufzte er, dann funkelten seine Augen schelmisch.

»Können wir nackt putzen?«

»Was? Nein!«, empörte ich mich, er lachte vergnügt.

»Schade. Einen Versuch war es wert. Okay, lass uns putzen.« Qualvoll stand er vom Bett auf, ich grinste bei dieser Show.

»Du bist so eine Dramaqueen, Marcello!«, amüsierte ich mich. »Und dabei könnte ich mich hier beklagen. Schließlich muss ich putzen, in meinem Urlaub! Und dazu noch ein fremdes Haus!«

»Da hast du recht«, nickte er. »Ich mache das allein. Geh du ins Vaters zu deiner Freundin Paula und ich mach das Haus fertig, wenn ihr zurückkommt, ist alles sauber für euch.«

Hm ... das hörte sich verlockend an, aber nein! »Ich helfe dir, ansonsten steht nachher das ganze Haus unter Wasser, das könnte ich mir nicht verzeihen«, lachte ich.

»Das könnte sein. Aber dann ist wenigstens wirklich alles sauber«, wandte er ein.

»Das stimmt. Hat sich eigentlich Benjamin nicht gewundert, als du ihm alle Putzsachen weggenommen hast?«

»Nein, er war gar nicht da. Er bereitet alles für die Strandparty vor.«

»Oh nein! Dann weiß er gar nichts davon? Nachher ist es ihm nicht recht? Wir sollten ihn anrufen und fragen, bevor wir seine Sachen aufbrauchen.« Ich sprang auf, er hielt mich am Arm zurück.

»Entspann dich. Das ist okay. Komm setz dich.« Er rappelte sich hoch und klopfte neben sich, seufzend ließ ich mich neben ihm nieder. »Wir sind Freunde. Das ist so bei uns, wir sind wie Brüder, Benjamin, Gregory und ich wie eine Familie. Wir teilen alles, keiner braucht zu fragen und keiner nimmt jemanden was weg. Es ist okay.« Er zuckte mit den Achseln, das klang toll!

»Das ist echt schön. Das ist wirklich was Besonderes so gute Freunde zu haben«, war ich gerührt.

»Wir kennen uns unser ganzes Leben und haben täglich zusammen gespielt. Wir sind zusammen aufgewachsen«, nickte er, erhob sich und zog mich auf die Beine. »Deswegen, lass uns schnell putzen, dann haben wir mehr Zeit zum knutschen!«

»Okay«, lachte ich. »Gut.« Ich blickte auf die Sachen. »Wie fangen wir an? Die Waschmaschine, die braucht am längsten!« Ich griff das Waschpulver. »Komm mit! Ich zeige dir nun, wie man das richtig macht!« Ich stolzierte vorweg.

»Gern! Bin gespannt!«

In der Küche steuerte ich die Maschine an, jetzt würde ich ihm die Basics beibringen, zum Beispiel das Abpumpen! »Für solche Fälle wie vorhin gibt es ein extra Programm!« Ich stellte mich daneben und kam mir vor wie in einem Verkaufsvideo, er nickte interessiert. Ich schaute auf das Einstellrad, aber es war so in die Jahre gekommen, die Beschriftung war komplett abgeblättert. »Oh«, murmelte ich überrascht. Da war nichts mehr zu erkennen, überhaupt hatte ich noch nie so eine alte Waschmaschine gesehen, erstaunlich, dass die überhaupt noch funktionierte! Ich seufzte frustriert, nun gut, das mit dem Abpumpen konnte man vergessen, ich konnte da nicht blind irgendwas einstellen, wer weiß, was dann nachher passierte! Ich öffnete kurzerhand die Luke und ließ das restliche Wasser ablaufen.

»Dann habe ich das ja richtig vorhin gemacht«, freute er sich.

»Nein, ja, in diesem Fall schon«, räumte ich ein. Zusammen zogen wir die klatschnassen Sachen heraus, trennten die Bezüge von der Decke und dem Kissen, ich stopfte alles wieder hinein. »In das Fach dort oben kommt das Waschpulver.«

»Okay.«

Ich hörte es rieseln und sah hoch, er kippte den Inhalt in das Fach, erschrocken fuhr ich hoch! »Nein, Stopp!«, rief ich, er erstarrte.

»Was denn? Du hast doch gesagt …«

»Ja, aber nicht so viel! Das muss man abmessen!« Es war schon zu spät, er hatte es randvoll gefüllt.

»Aber da muss viel rein, der ganze Staub muss doch weggewaschen werden!«, protestierte er.

»Nein …« Abgelenkt sah ich mich um, trat an das Regal und nahm eine Tasse heraus, auch sie war staubig, ihh! Und aus der anderen hatte ich den Tee getrunken! Die hatte gewiss genauso ausgesehen! Ich war nun sehr froh, dass Paula nicht bei uns aß, das war hier wirklich wie in einem antiken Museum. »Du bist wohl nicht häufig in der Küche?«, stellte ich fest und klopfte die Tasse über der Spüle aus, er schüttelte den Kopf.

»Nein, nie.«

»Hm ... wohin führt diese Tür eigentlich?«

»Ins Bad.«

Ah stimmt, das hatte noch gefehlt. »Also nun pass auf! Man nimmt einen Messbecher und laut Anweisung befüllt man ihn, ich nehme erst mal deine falsche Dosierung heraus ...« Ich löffelte das Pulver zurück in die Tüte, maß es neu ab und befüllte das Fach, kritisch sah er mir dabei zu.

»Ich sehe keinen Unterschied«, stellte er fest, als ich fertig war, tatsächlich sah es nun genauso aus wie vorhin bei seiner Befüllung. »Bist du sicher, dass du sich mit Waschmaschinen auskennst?«, fragte er belustigt.

»Natürlich, ich bin sozusagen ein Waschmaschinen-Profi, du hattest einfach Glück, so was kommt vor!«

Er schloss mich von hinten in die Arme und küsste mein Ohr. »Vielleicht solltest du alles etwas lockerer angehen und nicht alles abmessen und so genau machen?«

»Auf gar keinen Fall, du solltest dir ein Beispiel an mir nehmen und nicht so schlampig sein!«, widersprach ich. »Zum Beispiel ist die korrekte Temperatur sehr wichtig! Ist es zu heiß, laufen die Sachen ein! Hier am Regler …« Da bemerkte ich erneut, dass die Beschriftung ja weg war. »Marcello!«, rief ich verzweifelt »Wir können nicht waschen! Das Kochwäscheprogramm könnte überall sein, nachher erwischen wir nur das Buntwäscheprogramm oder die Schonwäsche …« Er streckte die Hand an mir vorbei und drückte den Knopf, Wasser lief ein. »Das geht so nicht, du kannst hier nicht intuitiv irgendwelche Knöpfe drücken, ohne zu wissen, was du eigentlich machst!«, entrüstete ich mich, lachend drehte er mich um.

»Süße, entspann dich! Alles ist gut, ich kenne mich zwar mit Waschmaschinen nicht aus, aber das Wasser läuft, Waschmittel haben wir auch, alles okay.«

»Nein, du hast einfach keine Ahnung vom Waschen!«

»Ich wundere mich, wie du funktionierst, du hast auch keine Knöpfe und irgendwelche Programme«, lächelte er amüsiert und küsste mich.

»Das ist nicht witzig!«, seufzte ich.

»Eigentlich schon«, grinste er. »Vertrau mal deinem Gefühl, deinem Instinkt, das geht viel besser als dein Kopf.« Er küsste mich nun aufs Haar. »Dann könntest du auch viel besser entspannen.«, flüsterte er.

Ich kuschelte mich an ihn, er hatte ja recht, ich war viel zu verspannt! Seine Hände strichen über meinen Rock, er setzte mich auf die Waschmaschine. »Ihh!! Die ist doch total staubig!« Entsetzt wollte ich da runter, doch er drückte mich sanft zurück.

»Das ist nur von draußen etwas Walderde, die reingeweht ist. Das ist Natur, keine Chemie, nichts Schlimmes.« Er bedeckte mein Gesicht mit Küssen.

»Es ist schmutzig!«, murmelte ich.

Er lachte leise. »Natur ist nicht schmutzig. Oder findest du es im Wald dreckig oder auf der Wiese?« Wenn ich da an schlammige Erde dachte ...! »Mmh ...«, seufzte er verzückt und schnupperte in meinem Haar, strich über mein Top und liebkoste meine Brust.

»Hey!«, rief es da von der Tür, ich schubste Marcello von mir und errötete, Gregory stand im Rahmen und grinste erneut anzüglich. Mist, genau das hatte ich verhindern wollen, jetzt hatte er uns schon wieder beim Kuscheln überrascht! Das sah aus, als würden wir nichts anderes machen.

»Wir sind am Putzen«, sagte ich daher selbstverständlich, es sollte total normal klingen.

Er ließ seinen Blick über die dreckige Wasserlache am Boden schweifen, dann zu mir auf der Waschmaschine und zu Marcello, der sich über die felligen Arme strich und lachte. »Na klar, absolut, so putze ich auch immer!« Sich amüsierend schlenderte er in den Flur.

Ich sprang von der Maschine, es spitzte, ich war mitten in der Pfütze gelandet, Marcellos Hose hatte auch was abbekommen. »Warum klappt heute einfach gar nichts!«, seufzte ich deprimiert. »Die Küche und wir sehen jetzt schlimmer aus als vor dem Putzen! Und immer überrascht uns Gregory, wie unangenehm! Stört dich das gar nicht?«

»Süße, entspann dich. Da gibt's nichts, was er nicht kennen und auch machen würde.« Er zog mich erneut in seine Arme. »Genau. Lassen wir es einfach, sonst wird es noch dreckiger. Wir lassen es einfach trocknen und dann ist es so wie vorher«, sagte er zufrieden.

»Nein! Wir schaffen das! Ich hole uns Lappen und Schwämme und Gregory und Paula helfen uns vielleicht auch, dann ist das ganz schnell erledigt und du hast ein wunderschönes ordentliches Haus, schließlich ist das hier dein Zuhause! Du sollst dich doch wohlfühlen«, strahlte ich ihn optimistisch an, er lächelte liebevoll.

»Mir ist das Haus so egal, der Wald ist mein Zuhause, aber ich putze es für dich, ich möchte, dass du dich hier wohlfühlst.«

»Ich tue das für dich!«

»Okay, dann tun wir es eben für uns.«

»Sehr gut! Warte, ich bin gleich wieder da!« Euphorisch flitzte ich ins Schlafzimmer. »G...« Ich stoppte, Gregory und Paula lagen eng umschlungen nun auf der blanken Matratze, was anderes gab es ja auch nicht in dem Raum, und knutschten innig. Sie hatte ihr Bein um seins geschlungen und waren so mit sich beschäftigt, dass sie mich gar nicht bemerkten. Seufzend ging ich um das Bett herum, räumte alles in den Eimer und nahm ihn mit, ich gab mir keine Mühe leise zu sein, aber das störte sie überhaupt nicht, sie hörten mit der Küsserei nicht auf. Ich trat in die Küche und stellte den Eimer ab, verärgert verschränkte ich die Arme.

Marcello runzelte die Stirn. »Was ist los, Süße?«

»Jetzt kommt mich Paula als Überraschung besuchen und alles an was sie denkt, ist Gregory! Einem Typen, einem Playboy, einem Aufreißer, den sie eben erst kennengelernt hat!« Entrüstet stemmte ich die Hände in die Hüften. »Ganz ehrlich, da hätte sie sich den Weg sparen können, Typen gibt es in der Stadt wie Sand am Meer!« Enttäuscht schüttelte ich den Kopf.

»Du bist eifersüchtig«, stellte er fest.

»Auf wen soll ich eifersüchtig sein? Ich will nicht Gregory küssen!«

Er schüttelte den Kopf. »Nein, nicht wegen ihm, wegen ihr, du möchtest ihre ganze Aufmerksamkeit, aber sie möchte nun eben gerade knutschen.«

»Ach und plötzlich hast du kein Problem mehr damit? Du sagst, du verstehst uns Frauen nicht? Ich verstehe euch Männer nicht! Eben hast du dich mit Gregory geprügelt, um unsere Ehre zu retten, er solle sie nicht anrühren, sie mit zu sich nehmen und nun ist es dir gleichgültig!«

»Ich sorge mich um euch, aber wenn sie beschließt ihn zu küssen, ist das ihre Entscheidung, dann bin ich raus.« Er zuckte mit den Achseln.

Ich seufzte frustriert. »Ja, du hast vermutlich recht. Ich bin eifersüchtig. Sie hat mich nicht mal angesehen, wenn er in der Nähe ist, sie hat ihn viel lieber als mich, dabei kennt sie ihn gar nicht!«

»Kathleen«, lächelte er, »lass sie knutschen, schließlich bist du ja auch gerade von ihr abgelenkt.« Er funkelte mich schelmisch an, zog mich in die Arme, unsere Lippen berührten sich verlangend, energisch schob ich ihn von mir.

»Nun müssen wir aber wirklich putzen!«

»Okay«, seufzte er.

Wir teilten uns auf. Er wischte die Böden, ich reinigte alle Oberflächen und das Bad, es war wie der Rest des Hauses sehr schlicht und nur mit dem Nötigsten ausgestattet. Auch hier gab es eine Terrassentür, ich hatte noch nirgendwo so viele direkte Zugänge von außen zu Räumen erlebt. Sie stand einen Spalt auf, frische Luft strömte hinein, es wirkte, als würde er nur diese zwei Räume vom gesamten Haus benutzen. Auf dem Waschbeckenrand lagen eine Zahnbürste, Zahnpasta, ein Nassrasierer und Seife, es gab zwar einen Handtuchhalter, aber keine Handtücher, ein Spiegel hing darüber, er sah furchtbar aus! Überall waren Zahnpasta- und Seifenspritzer, seufzend wischte ich ihn ab, sein Zuhause schien ihm wirklich egal zu sein! Ich reinigte nun das Waschbecken, was genauso schlimm aussah, wie würden dann wohl erst die Dusche und Toilette sein! Doch sie waren sauber und wirkten komplett unbenutzt. »Sag mal Marcello, duscht du nie?«, fragte ich irritiert.

»Nein, ich bade täglich im Bach«, rief er aus der Küche.

»Hm ... aha und die Toilette ...?« Eine Rolle Klopapier hing in einem Halter, ich nahm sie in die Hand, sie war wellig und vergilbt, igitt! Die würde ich nicht benutzen und offenbar hatte es auch sonst schon seit langem keiner getan, schnell hing ich sie wieder ein. Ich würde ihm von Claudia eine neue bringen und mit dieser hier austauschen.

»Die benutze ich auch nicht. Ich gehe im Wald.«

»Ist schon etwas eklig, oder?«

»Wieso? Ich bin ein Tiger, Tiger gehen nicht auf Toiletten!«

»Ja, ja, schon klar«, seufzte ich, diese Diskussion würde ich eh wieder verlieren. Das Bad war nun sauber, ich betrat die Küche.

Er hatte den Scheuerlappen im Maul und zog ihn geschwind als Tiger über den Boden, amüsiert lachte ich. Er verwandelte sich und wrang ihn im Eimer aus, misstrauisch sah er zu mir hoch. »Was ist?«

»Super, wie du das als Tiger machst!« Anerkennend nickte ich mit dem Kopf.

»Machst du dich über mich lustig?«

»Nein, das meine ich ernst! Ich habe zwar noch nie einen putzenden Tiger gesehen, aber klappt doch ganz gut«, kicherte ich.

»Du machst dich über mich lustig! Na warte!« Er sprang auf, packte mich und kitzelte mich mit dem Lappen an meiner Nasenspitze.

»Ihh! Nicht mit dem dreckigen Lappen! Hilfe!«, rief ich lachend und versuchte mich ihm zu entwinden, ebenfalls lachend ließ er mich los.

»Ich bin übrigens fertig«, sagte er zufrieden.

Ich ließ meinen Blick über den Boden schweifen, das Wasser war zwar aufgewischt, aber ...

»Hast du hier auch mit Reinigungsmittel gewischt?«

Er zuckte mit den Schultern. »Das braucht man nicht, diese ganze Chemie, Wasser reicht, das ist sauber!«

Ich seufzte. »Vielleicht, aber mit dem hier«, ich hielt den Neutralreiniger von Benjamin hoch, »wird es wirklich rein.« Jetzt kam ich mir endgültig wie in einem Werbeclip vor und kicherte erneut.

Er sah nicht überzeugt aus. »Hm ... muss das wirklich sein?«

»Ja, das muss es, mein Tiger.« Ich drückte es ihm in die Hände.

»Okay. Ich tue alles für dich«, seufzte er.

»Das ist lieb«, lächelte ich, er kippte das Mittel in den Eimer. »Halt!«, rief ich entsetzt.

»Was denn?«, fragte er genervt.

»Erst mal brauchst du neues frisches Wasser, du kannst doch nicht mit dem dreckigen putzen und dann war es viel zu viel, das muss man sparsam verwenden.«

»Puh ... ihr Menschen macht alles so kompliziert.« Er kippte den Eimer in der Toilette aus und befüllte ihn neu, ich gab einen Spritzer von dem Mittel dazu.

»Das sollte reichen.«

Er schnappte sich den Lappen als Tiger und wischte damit die Küche, ich reinigte die Waschmaschine, oh, sie war ganz warm! Klasse, dann hatten wir tatsächlich das Kochwäscheprogramm erwischt, wie gut, diese Einstellung musste ich mir merken! Ich betrachtete den Regler, er war nur etwas nach rechts verschoben, scheinbar fing es mit den hohen Temperaturen an und verringerte sich, jedenfalls hoffte ich, dass da ein System dahinterstand. Zufrieden sah ich über die nun strahlende Tischplatte, die blitzende Spüle und die sauberen Regalbretter, da fiel mein Blick auf das staubige Geschirr, oh, das hatte ich vergessen. Schnell schnappte ich es mir, Spülmittel hatte er mir nicht mitgebracht, so nahm ich ebenfalls den Neutralreiniger, wenn es für Böden gut war, würde es auch dafür reichen!

»Marcello, du brauchst wirklich eigene Putzsachen wie Spülmittel und auch Handtücher.« Ich schaute mich suchend um und ergänzte: »Und Geschirrtücher.«

»Hmm ... bin fertig!« Glücklich streckte er sich, ich sah in den Eimer mit dem schmutzigen dunkelgrauen Wasser.

»Siehst du das, Marcello! Wie dreckig noch alles war!«

»Das sieht nur so aus.« Er leerte ihn.

»Und du bist noch nicht fertig, das Bad hast du vergessen«, rief ich ihm zu.

Er seufzte, »Okay, alles, was du willst, Süße.«, und machte sich an die Arbeit.

»Es ist doch für dich. Es ist doch dein Zuhause, das soll doch schön sein.« Er schwieg, da fiel mir das Gespräch von vorhin ein, als wir Paula vom Bahnhof abgeholt hatten. »Sag mal, stimmt das, was Gregory gesagt hat, hat er wirklich keinen Führerschein?«

»Nein, brauch man hier nicht, bei den wenigen Straßen.«

»Aber ist das erlaubt?« Ich war mir sehr sicher, dass das bei uns keineswegs möglich war!

»Sicher, er kann doch Auto fahren.«

»Marcello, darum geht es doch nicht! Er muss es doch vernünftig lernen mit den ganzen Schildern und den Theoriewissen und allem.«

Er lachte. »Verstehe. Du machst dir Sorgen, weil er kein Autoprogramm hat und intuitiv fährt sowie mit der Waschmaschine.«

Ich seufzte. »Nein, das ist es nicht.«

»Oh doch, hab mal mehr Vertrauen!« Irgendwie verlor ich jede Diskussion mit ihm schien es mir.

»Und du, kannst du Auto fahren?«

Vermutlich kam jetzt wieder »Tiger fahren kein Auto«, doch er antwortete: »Ja. Mein Vater hat es mir beigebracht. Meinte, könne nicht schaden.«

»Ah, okay.« Ich nahm den Kessel in die Hand und sah kritisch hinein, zwar befand sich noch Tee darin, aber wer weiß, ob er davor sauber gewesen war oder wie der Rest verstaubt. Das war mir zu riskant, ich nahm die Beutel raus, kippte den Inhalt weg und wusch ihn aus, suchend sah ich mich um. »Wo hast du eigentlich den Abfalleimer stehen?«

»Ich habe keinen.«

»Das war klar«, seufzte ich. Ich hörte, wie er das Wasser ins Klo kippte und sich die Hände wusch, strahlend kam er in die Küche und umarmte mich von hinten.

»Ich brauche das nicht, Tiger produzieren keinen Abfall wie ihr Menschen«, sagte er stolz und kuschelte sich an mich, ich lächelte, er war echt süß und so verschmust! Das gefiel mir wirklich sehr!

»Ja, außer dem hier.« Ich hielt die Teebeutel hoch.

»Ich mach das.« Er nahm sie und spülte sie im Klo weg.

»Na ja, da gehört das aber nicht hinein!«, rügte ich, er schnappte mich und küsste stürmisch meinen Hals.

»Über alles machst du dir Gedanken«, lachte er. »Chill mal, Kathleen!«

»Muss wohl daran liegen, dass ich Mensch bin. Da benutzt man seinen Verstand und nicht nur seinen Instinkt!«

»Ja, bestimmt. Dann schau dir was von uns Tieren ab.«

Ich wusch den Schwamm aus und legte ihn zum Trocknen neben den Wasserhahn. Das Geschirr und Besteck, die Töpfe, die Pfanne und der Kessel lagen abgewaschen und aufeinander gestapelt auf der Spüle. Das musste nun an der Luft trocknen, da es ja nicht ein einziges Handtuch in seinem Haus gab. »Ich denke, ich bin fertig.«

»Ich auch«, murmelte er zufrieden.

Ich wandte mich um, das war doch jetzt ein ganz anderer Anblick, nicht mehr wie in einem Museum, sondern so, als ob hier jemand lebte! »Und, gefällt es dir?« Mein Blick schweifte über den spiegelnden Boden, das hatte sich wirklich gelohnt!

»Mmh ...« Er küsste unbeeindruckt meinen Nacken, ich seufzte, löste mich von ihm und schob die Terrassentür weit auf.

Genießerisch sog ich die frische Waldluft ein, das vermisste ich tatsächlich in der Stadt! Ich sah hoch in den blauen Himmel, der an den Baumkronen vorbeischimmerte, Vögel zwitscherten und hörte ich da nicht sogar einen Specht hämmern? Wie süß! Ich drehte mich um, auch der Küche schien die Luft gut zu tun, es war, als würde sie Farbe, Licht und Leben von draußen mit hineintragen. »So trocknen die Böden schneller«, erklärte ich ihm, er war wieder ein Tiger, glücklich schmiegte er sich an meine Beine. Ich strich ihm über den Kopf, er knurrte behaglich, ihm schien das zu gefallen. »Lass uns zu Paula und Gregory gehen!«

Im Flur erklangen lachende Stimmen. »Ist das so, Gregor? Wie lustig!«, kicherte sie übertrieben, genervt schüttelte ich den Kopf. Ich mochte Marcello auch, sehr sogar und trotzdem verhielt ich mich nicht wie ein Huhn in seiner Gegenwart! Wir traten ein, sie hielten ihre Arme nebeneinander und verglichen die Hautfarbe.

»Du musst mindestens so lange hierbleiben, bis du so braungebrannt bist wie ich«, grinste er.

»Oder wie ich.« Marcello ließ sich neben ihn aufs Bett fallen, kuschelte sich an ihn und streckte seinen dunklen Arm über dessen Oberkörper.

»Haha! Da muss ich ja herziehen und würde es doch nicht schaffen!«, kicherte sie belustigt. Gregory lächelte, schlang seinen Arm um Marcellos Taille und zog ihn an sich. Der umarmte ihn, sie legten ihre Köpfe aneinander, das sah so vertraut aus, das machten sie nicht zum ersten Mal. Ich war froh zu sehen, dass sie sich scheinbar doch mochten, so wie alle sagten, und sich nicht erneut prügelten wie vorhin, aber wo war Platz für mich? Unschlüssig stand ich vor dem Bett, es war sehr schmal, man müsste schon eng beieinanderliegen, damit vier Leute hineinpassten. Neben Marcello reichte es nicht mehr aus, sollte ich mich neben Paula legen? Aber dann müsste ich mich schon an sie kuscheln, so wie es Marcello und Gregory gerade taten und darauf hatte ich keine große Lust.

Da sah Gregory zu mir hoch. »Kathaleena, leg dich doch zu uns.« Lächelnd klopfte er neben sich zwischen ihm und Paula.

»Ja, komm her, leg dich neben mich, meine Süße!« Marcello schob ihn in die Mitte des Bettes, der stieß so ungewollt mit Paula zusammen, erfreut kicherte sie, und drehte sich auf den Rücken. Den einen Arm schlang er um ihn, den anderen streckte er einladend für mich auf dem Bett aus, auffordernd lächelte er mich an. Unentschlossen setzte ich mich neben ihn auf die Bettkante, mir war jetzt nicht so nach Gruppenkuscheln, da schnappte er mich und zog mich in die Arme.

Ich lachte überrascht auf, er kuschelte sich an mich, Gregory hatte nun Paula im Arm, so passten wir tatsächlich alle aufs Bett, zu viert hatte ich auch noch nicht darin gelegen. »Marcello, du brauchst echt ein Sofa!«, kicherte ich.

»Wieso? Geht doch auch so. Ich habe genug Möbel«, meinte er zufrieden und streichelte meine Arme.

»Ich finde es auch gemütlich. Sehr sogar!«, seufzte sie glücklich. Das konnte ich mir vorstellen, die taten ja auch nichts anderes die ganze Zeit, als kuschelnd auf dem Bett zu liegen!

»Wie war es denn im Vaters?«, erkundigte ich mich.

»Wo?«, murmelte sie verträumt.

»Wart ihr nicht essen?«, fragte ich verwundert.

»Doch, na klar waren wir das!« Sie schaute Gregory nun verliebt in die Augen.

»Ah ja, nun dann warst du wahrscheinlich im Vaters?«

»Ach Kathleen«, seufzte sie genervt. »Ist doch egal, wie das hieß. Hauptsache, ich war mit Gregor da!« Sie küsste ihn, er schloss sie eng in die Arme, sie war einfach furchtbar! Nicht mal ein normales Gespräch konnte ich mit ihr führen!

»Hast du schon gehört? Heute Abend steigt die Strandparty! Ein echtes Highlight hier im Dorf, du bist genau richtig gekommen!«, versuchte ich weiter ihre Aufmerksamkeit zu gewinnen, es klappte, sie löste sich von ihm. Das mit der Party war jetzt etwas ironisch gemeint, ich war mir sicher bei den fantastischen Clubs, die wir in der Stadt hatten, war das heute Abend ein müder Abklatsch davon, doch sie nickte bekräftigend.

»Gregor hat mir alles davon erzählt. Auch von den Meisterschaften! Er ist letztes Jahr Champion geworden!« Stolz, als wäre sie seine Mutter, tätschelte sie ihm den Arm und strahlte ihn dabei an. Überhaupt wandte sie gar nicht mehr den Blick von ihm ab, selbst wenn sie mit mir sprach, was war bloß mit ihr los? So kannte ich sie gar nicht!

»Es heißt Beach Games-Meisterschaften und er heißt GregorY!«

Sie verdrehte die Augen. »Ach Kathleen, sei doch nicht immer so genau.« Marcello nickte bestätigend, na toll, waren sie jetzt alle gegen mich, doch Gregory stimmte nicht mit ein, wie mir auffiel.

»Wie auch immer«, seufzte ich. »Na dann erzählt mal, was sind denn genau die Beach Games-Meisterschaften?«

»Da hättest du vorhin hier sein müssen, da hat Gregor alles erklärt, das hast du jetzt verpasst.« Sie zuckte gleichgültig mit den Schultern, na toll! Er griff zum Nachttisch, nahm die Teetasse von Marcello und setzte zum Trinken an.

»Halt! Stopp!«, rief ich, er zuckte zusammen und ließ sie sinken.

»Was ist denn?«, fragte er überrascht.

»Das willst du nicht trinken!«

»Ach nein?« Neugierig spähte er hinein, als erwarte er, ein gefährliches Tier würde darinsitzen.

»Die Tasse ist staubig!«

Marcello schüttelte belustigt den Kopf, Gregory feixte, »Ach so, das stört mich nicht.«, und trank aus ihr.

»Mich stört so was auch nicht!«, bekräftigte Marcello, sie lächelten sich an wie zwei Verbündete, Gregory reichte sie ihm und der leerte sie, irgendwie fühlte ich mich ausgeschlossen.

»Übrigens, wir sollten los.« Gregory streckte sich genüsslich und berührte ihn dabei an der Schulter.

»Ach stimmt, herrje, völlig die Zeit vergessen! Paula, ich wollte dir noch Claudia vorstellen und irgendwo musst du ja auch noch übernachten!«, fiel es mir da ein.

»Alles schon geklärt«, sagte sie zufrieden.

»Lass mich raten«, seufzte ich. »Bei ihm natürlich?«

Sie kicherte als Antwort. Vermutlich war es besser, so blöd und pubertär, wie sie sich gerade verhielt, würde sie mich mega nerven! Das tat sie ja jetzt schon in der kurzen Zeit, dabei war sie immer so cool und selbstbeherrscht in der Stadt, unabhängig und stark. Jetzt hing sie an ihm wie eine Klette, etwas, was sie an anderen immer kritisierte und auslachte, ob ihr das bewusst war? Vermutlich nicht.

»Okay, aber ich muss auf alle Fälle zu Claudia! Ich habe ihr heute Morgen bloß einen Zettel hinterlassen, dass ich bei Debbie bin, sie wird sich schon sorgen!«

Er fuhr herum. »Bei WEM warst du?«, fuhr er mich an. Ach stimmt ja, er und Marcello mochten sie ja nicht und mobbten sie! Umso besser, dann konnte ich ihnen gleich meine Meinung dazu sagen!

»Du hast schon richtig gehört«, sagte ich kühl, da fiel mir auf, dass Marcellos Arm von Fell bedeckt war, er knurrte leise, Gregory ergriff seine Hand.

»Alles okay, Tiger«, sagte er ruhig.

»Es ist nichts okay! Wie ihr sie behandelt ist nicht okay!«, regte ich mich auf.

Er stand vom Bett auf, zog Paula hoch und sah mich eiskalt an. »Misch dich nicht in Sachen ein, von denen du keine Ahnung hast, Kathaleena!«

»Dafür braucht man keine Ahnung haben, um zu sehen, wie ungerecht ihr sie behandelt!«

Er schien mir was erwidern zu wollen, da erhob sich Marcello, sie umarmten sich und schlugen in ihren Freundschaftshandschlag ein, Gregory klopfte ihm auf die Schulter. »Bis gleich, Tiger.«

»Bis gleich, Bro«, nickte der, sein Fell war wieder verschwunden, er schien sich beruhigt zu haben im Gegensatz zu mir! Ohne ein Wort des Abschieds trat Gregory durch die Terrassentür hinaus mit Paula im Schlepptau, die natürlich zu ihm hielt.

»Unfassbar, sie hat sich nicht mal verabschiedet!«

»Lass sie, sie ist verliebt«, murmelte Marcello leise.

Ich musterte ihn, er sah ernst aus, Trauer lag auf seinem Gesicht, all meine Wut verpuffte wie aus einem Ballon, in den jemand gestochen hatte, ich ergriff seine Hand. »Was ist denn los?«, fragte ich besorgt.

Er löste sich von mir. »Wir sollten auch los.« Und verwandelte sich, mal wieder, ständig wich er Konfrontationen aus! Aber er hatte recht, inzwischen freute ich mich auf die Strandparty und war neugierig.

»Es wird übrigens heute eine Überraschung geben hat Benjamin erzählt«, versuchte ich ihn aufzuheitern, doch er nickte nur leicht mit seinem Tigerkopf. »Können wir noch vorher bei

Claudia vorbeischauen? Ich will ihr Bescheid geben, dass sie sich nicht sorgt, wir wollten ja auch gemeinsam auf die Party gehen und umziehen muss ich mich auch noch, das Outfit trage ich bereits den ganzen Tag!«

»Du siehst klasse aus und sie sorgt sich nicht, sie weiß, du bist mit mir und ihr könnt euch direkt auf der Party treffen. Sie ist bestimmt schon los und sowieso nicht mehr zu Hause.«

»Wahrscheinlich. Aber Umziehen möchte ich mich.«

»Hast du nicht Hunger? Dort kannst du essen und du sieht wirklich klasse aus, mach dir keine Sorgen!«

»Oh ja, das habe ich tatsächlich.« Ich strich über meinen Magen, der prompt zu knurren anfing, kein Wunder, der Erdbeerkuchen von Debbie war schon lange her. Ich blickte an mir hinab, er hatte recht, eigentlich passte es für die Party, mein enger sexy rosa Rock mit dem blauen anliegenden Top, dazu meine Sandalen. Ich sah zwar nicht so perfekt wie Paula aus, zum Beispiel matchte mein Nagellack nicht optimal zu der Kleidung, aber es war nur eine Dorfparty! Wir waren nicht in der Stadt, dafür würde es locker ausreichen, mein

Magen knurrte nun fordernder. »Okay«, seufzte ich daher, »dann lass uns direkt dorthin gehen.«

»Super!« Er verwandelte sich in einen Tiger. »Steig auf!«

Ich wollte mich gerade auf ihn setzen, da hörte ich das Schleudern der Waschmaschine. »Oje! Wir haben die Wäsche voll vergessen!«

»Der geht's gut, wenn wir zurückkommen, ist sie sauber und wir haben ein sauberes Bett!«

»Und ein nasses! Marcello, das macht dir vielleicht nichts, mir aber schon. Wir müssen sie aufhängen. Hol doch mal den Wäscheständer.«

Er wurde Mensch und seufzte. »Wir werden erst um Mitternacht bei der Party ankommen. Gregory und die anderen werden seit Stunden feiern und wir seit Stunden putzen!« Betrübt schüttelte er den Kopf.

Ich lachte amüsiert und wuschelt ihm durchs Haar. »Du bist echt so eine Dramaqueen!«, kicherte ich, da fiel mein Blick auf seine fleckige Hose. »Aber du musst dich noch umziehen! Deine Hose ist total dreckig! Von dem Wasser in der Küche, schau!« Ich wies darauf, er zuckte mit den Schultern.

»Kein Problem! Ich habe massig saubere Kleidung!« Er trat an den Schrank und öffnete ihn, auf dem Boden lagen verstreut seine Klamotten, er hockte sich hin und wühlte darin herum. Es gab zwar eine Stange, aber ohne Bügel, und da waren auch Fächer, aber alle leer. »Perfekt!« Er zog eine neue Hose hervor, »Ich geh mich umziehen, bis gleich!«, und verließ den Raum. Kritisch kam ich näher, oje, Staub bedeckte auch hier den Boden und mittendrin lag seine Kleidung, ich seufzte, offenbar war ihm nicht nur sein Haus komplett egal.

Er kehrte strahlend zurück, warf die dreckige Hose hinein und schloss die Türen. »Wir können los, bin fertig.«

»Wollen wir deine Hose nicht waschen und am besten die anderen Sachen auch?«, fragte ich vorsichtig, um nicht erneut eine Streitdiskussion zu entfachen.

»Das mache ich, wenn ich damit in den Bach baden gehen, mach dir keine Sorgen, das ist doch nur Walderde, das reinigt der Bach alles.«

Ich seufzte. »Ich weiß, dass Tiger keine Wäsche waschen, aber wenn du als Mensch herumläufst in Menschenkleidung, kannst du sie auch wie ein Mensch waschen? Was meinst du? So einmal im Jahr wird ihr bestimmt guttun«, schlug ich vor.

Er nickte und küsste mich auf den Kopf. »Für dich mache ich alles, Kathleen, meine Prinzessin, waschen wir sie!« Er öffnete den Schrank, schnappte sich die Sachen und trat in den Flur, ich folgte ihm.

»Nicht für mich, für dich, Marcello oder eben für uns. Du wirst sehen, wie gut sich saubere, also richtig reine, Kleidung anfühlt!«, versuchte ich ihn für die Idee zu begeistern.

»Hm …«, antwortete er bloß. Wir waren in der Küche, die Maschine war fertig, er öffnete die Luke und zog alles heraus auf den Boden, ich seufzte, zum Glück hatten wir ihn gewischt. Er stopfte die anderen Sachen hinein, kippte das Pulver rein, ich trat neben ihn und schob den Regler etwas weiter nach rechts und drückte den Knopf, Wasser strömte ein. Ich hoffte wirklich sehr, dass ich das richtige Programm erwischt hatte und nicht seine Kleidung nachher noch einlief, aber das sprach ich lieber nicht aus, sonst würde er sie nie waschen. Er hing die nasse Wäsche über die Stühle, das Laken breitete er über den Tisch aus. Zum Glück hatten wir wirklich alles gereinigt, sonst hätten wir sie erneut waschen können!

»Lass mich raten, du besitzt keinen Wäscheständer« , schlussfolgerte ich daraus.

»So was braucht man nicht, total überflüssig. Man braucht so vieles nicht!« Zufrieden trat einen Schritt zurück und musterte sein Werk. »Siehst du, geht auch so!«

»Na ja ... « Ein Teil der Bettdecke und des Bezugs lagen auf dem Boden. »So wird das aber nicht gut trocknen, Marcello!«

»Doch wird es, mach dir keine Sorgen. Und nun komm, wir verpassen sonst alles!« Er verwandelte sich, kam zu mir gelaufen, umstrich meine Beine und schmiegte seinem Körper an mich. Liebevoll kraulte ich ihm dem Kopf, begeistert stupste er seine nasse Nase in meine Handfläche, amüsiert kicherte ich.

»Okay, aber vorher benutze ich noch kurz deine Toilette, ich mache schließlich nicht in den Wald«, seufzte ich, nahm Taschentücher aus meiner Handtasche und verschwand im Bad. Als ich zurückkam, lief er bereits ungeduldig auf und ab. »Ist ja schon gut, wir werden schon rechtzeitig ankommen«, grinste ich, hing mir meine Handtasche um und ließ mich auf ihm nieder, sofort schoss er los! Überrumpelt klammerte ich mich an ihm fest, schon war er aus der Terrassentür der

Küche rausgestürmt und ich verstand, warum jeder Raum einen direkten Zugang nach draußen besaß. So hatten sein Vater und er als Tiger bequem rein- und rausrennen können, ohne Mensch werden zu müssen und die Haustür aufzusperren. Bald hatte er wieder seinen gewohnten Rhythmus und preschte durch den Wald. Hoch über uns wogen und rauschten die Blätter im Wind, sie berührten sich und waren wie miteinander verbunden, als würden sie nicht aus unterschiedlichen, sondern nur einem riesigen Baum entspringen. Ich sog die frische Luft ein, die grün roch, salzig, herb und durch meine Poren strömte. Die Sonne funkelte und strahlte durch einzelne Lücken des Blätterdachs hindurch und bedeckte den Boden mit flirrenden Lichtfetzen, die sich hin- und herbewegten wie abenteuerlustige kleine Wanderer. Marcellos Schritte federten auf dem Untergrund, ich genoss es seinen heißen Körper unter mir zu spüren, schmiegte mich eng an ihn und fühlte seinen schnellen Herzschlag, der viel, viel schneller als meiner war. Vögel zwitscherten, ein Specht hämmerte, der ganze Wald lebte! Äste knacksten, Bäume ächzten, irgendwo gluckerte Wasser von einem Flüsschen, vielleicht dem, in dem er so gerne badete und mittendrin seine Schritte, die kaum mehr waren als ein Rascheln auf dem weichen Waldboden. Er hatte recht, irgendwie passte er wirklich gut hier rein, da brachen wir aus dem Wald, Sonnenlicht blendete mich, überwältigt schloss ich die Augen, umschlang seinen starken Hals noch fester und vertraute völlig darauf, dass er uns sicher ans Ziel bringen würde. Da stoppte er, wie immer total abrupt, ich richtete mich auf und zwinkerte in die Sonne.

»Schau!« Wir standen oben an einem Berg, alles um uns herum war grün wie die Wiese, die ich mit Debbie hinabgerannt war. Vor uns fiel es steil ab, ein Wald erstreckte sich den kompletten Hang hinunter, doch dahinter schimmerte blau — das Meer! Ich seufzte sehnsüchtig, einladend funkelte und glitzerte es in den Sonnenstrahlen, als würde es mir zuzwinkern und mich begrüßen.

»Oh, ich liebe das Meer!«, murmelte ich verzückt.

»Ich auch! Halt dich fest, könnte etwas ruckeln.«

»Okay.« Ich umschlang ihn erneut, er setzte sich auf die Hinterbeine, spannte seinen Körper an — und sprang, ich schrie auf, wir flogen! Scheinbar schwerelos glitten wir den Abhang hinab, bis er auf dem Boden landete und in einem Tigerexpresstempo den Berg hinunterschoss, Fahrtwind zerrte an meinen Haaren und trieb mir Tränen in die Augen! Es ging immer tiefer runter, die Luft blieb mir weg, in meinem Bauch kribbelte es, es war wie ein freier Fall! Da teilten sich die dichten Bäume vor uns, weißer Sand schimmerte dahinter, wir brachen aus dem Wald, es rauschte und plätscherte, die Brandung donnerte ans Ufer. Er stürmte darauf zu, Sand knirschte unter seinen Pranken, ein endloser weißer Strand ergoss sich zu unseren beiden Seiten. Doch ich konnte den Blick nicht vom Meer lassen, endlos blau erstreckte es sich bis zum Horizont, verschwamm mit der Welt darüber und war wie ein blaues Fenster zum Himmel. Ich wollte mich reinfallen und ewig weitertreiben lassen bis hinaus ans Ende der Welt, drin versinken in dem blauen Tuch der Leichtigkeit, der majestätischer Weite und dem ewigen Rhythmus des Aufs und Abs der spritzenden Gischt und liebte es so sehr!

»Du hast mir gefehlt«, sagte ich leise und sehnsüchtig zum Meer.

»Du mir auch«, antwortete er, ich grinste, er hatte wirklich super Ohren! Er wandte sich nach links und stob jetzt leichtfertig am Strand entlang, die aufschlagenden Wellen spritzten an seine Beine und hoch zu meinen Füßen, ich kicherte, das gefiel mir! Er rannte tiefer ins Wasser und preschte nun durch die Fluten, dabei flogen wir über die Wasseroberfläche, bis wir wieder in sie eindrangen, um uns dann erneut von ihr zu lösen. Ich lehnte mich zur Seite und schaute hinab auf unsere Reflektion im Wasser, Wahnsinn, ein schwarzer Tiger und darauf ich! Ich erkannte mich kaum wieder, mein Gesicht strahlte, die Wangen waren rosig, meine Augen funkelten, begeistert lächelte ich, wild flatterten meine Haare im Wind, so gelassen hatte ich mich bisher selten erlebt, ich sah richtig glücklich aus! Er kam wieder aus dem Meer heraus an den Strand. »Festhalten.«, sagte er lässig und sprang in dem Moment hoch, hoch hinauf auf ein steiles Felsplateau. »Wir sind da.« Er stoppte.

»Puh! War das ein Ride!«

»War 'ne Abkürzung.«

Ich stieg von ihm ab, meine Beine schwankten, mein Puls raste, das war wirklich was ganz anderes, als mit dem Auto zu fahren! Er setzte sich, leckte seine Pfote und putzte sich damit über Augen und Nase, überrascht sah ich ihm dabei zu und lachte, er blickte mich fragend an. »Du bist echt süß, Marcello. Wie ein großes Kuscheltier.«

»Kuscheltier?«, fauchte er beleidigt. Ich streichelte ihm über den Kopf und kraulte seine Ohren, zufrieden knurrte er. Es schien ihm genauso gut zu gefallen wie vorhin, als ich ihn zu Hause besucht und ihn das erste Mal gestreichelt hatte als Tiger. »Ich bin ein gefährliches Raubtier, kein Spielzeug!«

»Ja, das weiß ich doch«, beschwichtigte ich ihn, er leckte nun über meine Hand mit seiner rauen Tigerzunge, belustigt kicherte ich. »Aber irgendwie ist es auch echt witzig, einen Freund zu haben, der Tiger ist. Du bist so anders als alles, was ich bisher gekannt habe.«

»Und das ist was Gutes«, murmelte er zufrieden, »oder nicht?«, fügte er verunsichert hinzu.

»Doch, auf alle Fälle!«, beruhigte ich ihn schnell, richtete mich auf und schaute mich um. Wir standen auf einem Felsen, rechts ging es steil hinab zum Strand und dem Meer, links erstreckte sich das Gestein weiter in die Höhe, vor uns begann dichter Wald und sah als der einzige mögliche Weg aus, den wir nehmen konnten, aber wo war die Party? »Hm ... Marcello, sind wir hier richtig? Das sieht überhaupt nicht aus, als wäre hier eine Party in der Nähe? Ich sehe nur Wald.«

»Das ist sie aber. Wirst du gleich sehen.« Er sprang auf alle Viere, streckte sich genüsslich und gähnte, dann schüttelte er sich und trabte los. »Komm mit!«

»Okay.« Ich eilte ihm zügig nach, um mit ihm Schritt halten zu können und trat nun links neben ihn. Er schmiegte sich beim Gehen an meine Beine, ich legte meine Hand auf seinen Rücken und spürte, wie stark er war, mein starker Freund, mein schwarzer Tiger! Mein Beschützer, auch wenn ich um uns herum nur Bäume sah, vertraute ich ihm total. Wenn mich jemand ängstigen würde, wüsste ich, dass mein Tiger mich beschützen würde. Er müsste nur fauchen, den Angreifer anknurren, seine Zähne blecken und würde damit jeden in die Flucht schlagen, nichts konnte mir mit ihm passieren. Ich fühlte mich sicher und gleich stärker mit ihm an meiner Seite, das fühlte sich so gut an! Unter meiner Hand spürte ich seinen geschmeidigen Körper, seine

Muskeln, die sich anspannten bei jedem seiner Schritte. Er schaute zu mir auf und ich sah das liebevolle Lächeln in seinen weichem Tigerblick, ich war total verliebt in ihn und er genauso in mich! Und so würden wir auf die Strandparty gehen, mit ihm als meinem Freund, zusammen als Paar, pure Freude durchströmte meinen Körper, glücklich lächelte ich.

Er fauchte mich freundlich an. »Geht es dir gut?«

»Ja, Marcello, sehr gut, ich freue mich schon so sehr auf die Strandparty!«

»Ich mich auch! Und besonders, weil du mitkommst!«

Ein warmes Gefühl durchströmte mich. »Genau! Weil wir zusammen dahingehen!«

Er schmiegte sich liebevoll beim Gehen an mich, ich streichelte ihm erneut über den Kopf, er knurrte zufrieden. »Hier ist es!«

»Oh!« Überrascht schaute ich hoch, tatsächlich stand, mitten im Wald ein Schild, was genauso aussah wie bei der Bibliothek und dem Museum, es war aus Holz, doch darauf war dieses Mal gepinselt: »STRANDBAR«. »Klasse! Ich bin echt gespannt!« Ich sah mich um, aber wir schienen wohl die Einzigen zu sein. »Hm …

wir sind wohl doch recht spät oder es ist keiner da?« Er stupste seinen Kopf an meine Beine. »Hey!«, lachte ich. »Was soll das?«

»Geh weiter!« Ungeduldig stupste er mich erneut an.

»Schon gut, ich geh ja schon!« Neugierig schritt ich geradeaus, da erkannte ich einen kleinen Pfad, dem ich folgte. Lachende Stimmen erklangen, es war wie gestern beim Kino, man hatte das Gefühl weit weg von allen Menschen zu sein und doch war man bereits ganz nah dran, ohne es zu merken. Ich blieb stehen und sah ihn auffordernd an, doch er blieb Tiger und schaute mich fragend zurück an. »Willst du nicht Mensch werden? Für die Party?«

»Wieso das?«, schnaubte er verächtlich. »Ich bin ein Tiger und gehe auch als Tiger so dahin!«

»Oh, natürlich, na dann.« Ich war etwas enttäuscht, in meiner Phantasie hatte ich ihn mir neben mir vorgestellt, aber als Mensch, wie er den Arm um mich legte oder wir Händchen hielten, aber nicht als Tiger neben mir herlief. »Aber warum? Hast du nicht gesagt, in Gesellschaft bist du als Mensch unterwegs?«

»Es ist draußen, das ist was anderes als in Räumen.«

»Aha.« Ich verstand zwar nicht, wo der Unterschied jetzt darin bestand, aber bevor er mir wieder unterstellte, ich würde ihn nicht als den akzeptieren, der er war, beließ ich es lieber dabei. »Dann gehen wir mal!«

Die Geräuschkulisse wurde lauter, ich bog um die Ecke und plötzlich standen wir inmitten von Menschen. »Hey, da seid ihr ja endlich! Hat ja ewig gedauert! Ich wollte schon gerade zu Benny gehen!«, ertönte da eine mir bekannte Stimme, schon bekam ich das gewohnte Küsschen links und rechts auf die Wange. »Hey Tiger!«, begrüßte Gregory Marcello liebevoll, kniete sich neben ihn und kraulte ihm den Kopf, der schmiegte sich an ihn und knurrte glücklich. Offenbar war Gregory nicht nachtragend und nicht mehr sauer auf mich, jetzt umschlang er Marcello, der kuschelte sich an ihn und leckte ihm begeistert den Arm, das missfiel mir, Marcello war mein Kuscheltier! Ein Kichern erklang, oh stimmt, ich war so abgelenkt gewesen von den beiden, dass ich Paula gar nicht begrüßt hatte.

»Hi Paula!«, holte ich das schnell nach.

»Hallo meine Liebe!« Sie strahlte mich ausgelassen an und umarmte mich sogar überschwänglich, oh! Jetzt beachte sie mich, na endlich!

»Tut mir leid, dass ihr so lange warten musstet auf uns, wir haben noch Wäsche gewaschen.«

»Wir sind auch eben gerade erst angekommen.« Sie sah zu ihnen rüber, Marcello schmiegte nun seinen Tigerkopf an Gregorys Kopf, der lachte und versuchte ihn niederzuringen, vergnügt sprang der um ihn herum. Sie schienen totalen Spaß miteinander zu haben, so viel Spaß hatte er mit mir noch nicht gehabt wie in diesem kurzen Moment mit ihm, wie schade!

»Aber Gregory meinte doch gerade, ihr habt total lange gewartet?«, wunderte ich mich und schaute sie wieder an, waren wir genauso schnell wie sie gewesen? Cool, dabei waren sie mit dem Auto gekommen!

»Er wartet eben nicht gerne.« Sie zuckte mit den Schultern und beobachtete die beiden aber immer noch gespannt.

»Paula, du kennst ihn gerade erst seit ein paar Stunden, ich denke nicht, dass du schon alles über ihn weißt!«, antworte ich genervt, sie tat ja geradewegs so, als ob sie mit ihm zusammen aufgewachsen war!

»Manchmal hat man gleich eine Connection, weißt du«, schwärmte sie und blickte nun verliebt zu ihm rüber.

»Ist das so?«, erwiderte ich skeptisch. Die einzige Connection, die sie in der kurzen Zeit aufgebaut hatten, war, wenn überhaupt, eine Knutsch-Connection! Da stupste es mich eiskalt in die Kniekehle, erschrocken fuhr ich herum. »Marcello! Hast du mich erschreckt!« Er stupste erneut seine feuchte Nase an mein Bein. »Ihh! Lass das!«, kicherte ich amüsiert.

»Bis später!« Gregory nickte uns zu, schnappte Paula an der Hand und ging los.

»Moment! Wo geht ihr denn hin? Warte, Paula ... « Überrumpelt wollte ich ihnen nacheilen, da stellte sich mir Marcello in den Weg.

»Komm mit mir mit!«

»Aber warum feiern wir denn nicht gemeinsam mit ihnen?« So ganz kampflos wollte ich dann doch nicht Paula aufgeben und mit Gregory ziehen lassen.

»Das tun wir doch, später. Erst mal besorgen wir dir was zu essen. Du hast doch Hunger, oder?« Wie süß, dass er sich so um mich kümmerte! Und dass, obwohl er ja gar nichts hier aß, prompt knurrte mein Magen.

»Oh ja, da hast du recht«, seufzte ich. »Lass uns essen gehen!«

»Setz dich auf mich! Ich trag dich!«, bot er an.

»Nein, das ist mir unangenehm, Marcello, vor allen Leuten, ich geh lieber selbst.« Wie sah das denn aus? Dann wüsste wirklich jeder im Dorf Bescheid über uns und genau das wollte ich ja nicht, die redeten und wussten sowieso schon viel zu viel!

»Okay.« Er trottete voran, ich hielt mich dicht neben ihm. Von den paar Menschengrüppchen, die herumgestanden hatten, wurde es nun zu einer Menge, so viele hatte ich gar nicht erwartet, wir bahnten uns einen Weg durch das Gedränge.

»Aber woher wusste denn Gregory jetzt schon wieder, dass wir erst mal essen gehen?« Marcello hatte schließlich nicht mit ihm gesprochen, ich hatte jedenfalls nichts gehört.

»Ich habe es ihm gesagt.«

»Nein, hast du nicht.«

»Doch, als Tiger habe ich es ihm gesagt.«

»Ach so«, murmelte ich verstimmt, na klar, er kommunizierte mit ihm ebenfalls telepathisch wie mit mir, deswegen hatte Gregory uns auch vorhin zugenickt. Was für mich von Vorteil war, hatte den Nachteil, dass ich seine Konversation, die er mit anderen führte auch nicht hören konnte. Ich wusste nicht genau, was mich daran störte, eigentlich war es ja auch total egal.

»Du musst ja nicht alles mitbekommen, was wir bereden«, fügte er freundlich hinzu.

»Nein natürlich, ich lasse euch eure Privatsphäre!« Wie unangenehm, das wirkte jetzt so, also ob ich mega neugierig wäre und ihn überwachen wollte, aber das war es nicht. Ich hatte eher das Gefühl, als ob ich von ihnen ausgeschlossen war in irgendeiner Art und Weise wie vorhin, als sie sich die Tasse gereicht und sich angelächelt hatten. Sie kannten sich schon so lange und waren so vertraut miteinander, sie verstanden sich auch ohne Worte und nahmen mich nicht mit, ich fühlte mich abgehängt in ihrer Gegenwart. Aber das war nun mal so, genau deswegen, weil sie beste Freunde waren, wenn Marcello und ich uns besser kennenlernten, würden wir auch unsere eigene Ebene finden, dessen war ich mir sicher.

Ich ließ meinen Blick schweifen, es war unglaublich, scheinbar war tatsächlich das ganze Dorf erschienen. Kinder liefen freudig kreischend umher, überall waren Tische verteilt, an denen sämtliche Altersklassen saßen, Ältere neben Jungen und Mütter mit ihren Babys. Zwischen den Bäumen standen Leute mit Tellern und Getränken in den Händen, die sich angeregt unterhielten, die Luft war erfüllt von ihrem Lachen und den Gesprächen. Ich lächelte, die Atmosphäre war entspannt und angenehm, wir waren immer noch im Wald, aber rechts schimmerte hinter den Bäumen das blaue Meer hindurch. Da roch ich Grillgeruch, sofort fing mein Magen erneut an zu knurren, weiter hinten stieg Rauch in die Höhe von dampfenden Grillständen, da wollte ich hin, hatte ich einen Hunger! Marcello schienen die ganzen Menschen nichts auszumachen und auch diese gingen wie selbstverständlich mit ihm in seiner Tigergestalt um, ständig begrüßten ihn Leute und strichen ihm über den Kopf, vermutlich als Ersatz zum Händeschütteln. Mich lächelten sie freundlich an und begrüßen mich ebenfalls, ich hatte keine Ahnung, wer das alles war. Wenn ich mir vorstellte, er würde als Tiger auf einer Party in der Stadt auftauchen! Alle würden kreischend vor Angst vor ihm davonrennen! Wobei Paula schien das ja auch total gelassen zu sehen, aber sie war sowieso ziemlich relaxt, was die meisten Sachen anging, außerdem hatte sie gerade nur Augen für

Gregory. Ich war immer noch überrascht, dass scheinbar wirklich keiner Marcellos Tigergestalt seltsam fand, vielleicht war es ihnen egal oder sie hatten sich inzwischen einfach über die Jahre an ihn gewöhnt. Bei seinem Vater war es bestimmt anders gewesen, anfangs hatten sie sicherlich Angst vor ihm als Tiger gehabt, wobei dies anderseits auch nicht schlecht war, wenn Leute vor einem Respekt hatten, einen ernst nahmen. Bei Marcello war das was anderes, er war ja als Tiger hier aufgewachsen, vermutlich sahen sie ihn als den, der er war, egal, in welcher Gestalt er auftauchte, ob als Mann oder Tiger. Etwas, was ich noch lernen musste.

»Hallo Kathaleena!«, rief es da laut, überrascht zuckte ich zusammen, Ben winkte uns zu, neben ihm stand Claudia, wir näherten uns ihnen. »Hallo Marcello! Kathaleena, hast dir hier Freunde gemacht, wie ich sehe!«, grinste er.

»Hallo Ben! Ähm, ja.« Wie peinlich, ich brauchte gar nicht auf Marcello draufsitzen, es war auch so offensichtlich, Ben grinste immer noch.

»Hallo Claudia«, lenkte ich daher ab.

»Hallo«, lächelte sie, vielleicht waren wir auch ohne Freundschaftshandschlag und Aussprache wieder versöhnt?

»Es tut mir leid, Claudia, ich wollte nach dem Besuch bei Debbie zurück zu dir, doch dann waren wir ...«

»Im Museum, in der Bibliothek, bei Marcello und dann beim Bahnhof Paula abholen, ich weiß.«

»Woher weißt du das denn schon wieder alles?«

»Ich habe sogar schon Paula kennengelernt«, feixte sie, war sie vorhin im Vaters und hatte Gregory und Paula dort beim Mittagessen angetroffen? Aber hatte sie nicht gemeint, dass sie dort nicht essen würde, woher wusste sie es dann? Diese schnelle Dorfkommunikation überforderte mich komplett, in der Stadt erfuhr ich meistens spät oder gar nicht, wenn was passiert war. Apropos Essen, ich verhungerte! »Ich habe sie eben gerade hier kennengelernt, als ich ankam und Gregory begrüßte oder eher er mich.«

Ich kicherte, seinen Begrüßungen war es wirklich schwer zu entkommen.

»Wir sitzen dahinten.« Ben deutete hinter sich. »Du hast Hunger, Kathaleena?«

»Oh ja, sehr!«

»Dann kommt. Sind alles Bergleute am Tisch. Kathaleena kennt ja schon die meisten. Als Bergmann.«

»Bergfrau.«

Sie lachte. »Da hast du mir wirklich was voraus. Ich habe mich immer erfolgreich geweigert, da hinabzusteigen.«

»Das hätte ich auch gerne gemacht, wenn ich gewusst hätte, dass das eine Option wäre«, murmelte ich verdrießlich, amüsiert kicherte sie. Offenbar waren wir nicht mehr verzankt und alles wieder gut zwischen uns, zum Glück!

»Sieh es so, da hast du gleich was deinen Mädels in der Stadt zu erzählen, wenn du heimkehrst. Das hat bestimmt keine von ihnen bisher erlebt.«

»Das denke ich auch! Würde mich auch sehr wundern.« Andererseits hätte ich sonst mein Marcello Tigerchen nicht kennengelernt, also war es doch gut gewesen, hinabzusteigen. Wir folgten den beiden und erreichten einen großen Tisch mit Sitzbänken drumherum, an denen die Bergleute saßen. Rechts stand ein großer Grill, eine Rauchschwade waberte zu uns herüber, das roch nach Essen, hier war ich richtig! Ein paar von den Bergleuten kannte ich tatsächlich, Oldie

Wil zum Beispiel und die anderen, mit denen ich im Vaters am Tisch gesessen hatte. Wobei kennen tat ich die ja nicht, schon mal gesehen war passender, wie sie hießen hatte ich längst schon wieder vergessen.

»Hallo Kathaleena! Hallo Marcello!«, erscholl es da vom Tisch. Cool, sie hatten sich meinen Namen gemerkt, wenn auch falsch, schließlich hieß ich nicht Kathaleena, da winkte mir einer zu, der mir auch bekannt vorkam.

»Marcello«, sagte ich leise, seinen hochempfindlichen Hörsinn ausnutzend. »Wer ist das? Kenne ich den?«

»Ollie, er war vermutlich unten, als du zur Besichtigung da warst.« Besichtigung war maßlos untertrieben, es war eher ein unfreiwilliges Survival-Adventure im Stollen gewesen!

»Hallo Ollie!«, winkte ich zurück, der strahlte über das ganze Gesicht. Da sah ich den Großen, an den erinnerte ich mich sofort! Das war der Typ gewesen, mit dem ich den Schacht im engen Metallkäfig runtergefahren war, er grüßte mich nicht. Sein Blick wanderte von mir zu Marcello, dann schaute er etwas enttäuscht und wandte sich von uns ab. Das tat mir leid, dass er sich umsonst Hoffnungen gemacht hatte, aber mein Herz schlug nun mal für meinen Tiger! Der schmiegte seinen Kopf an meine Hand, so dass diese auf seiner Schnauze lag und leckte darüber, ich kicherte. Er war zwar ein Tiger, aber ein total verschmuster!

»Kathaleena, hier!« Ben führte mich zu einem freien Platz neben Wil, dieser lächelte mich freundlich an.

»Kathaleena, iss, tut dir gut!« Er schob mir einen Teller zu, der mit Grillfleisch nur so beladen war, ich setzte mich, und stellte mir ein riesiges Bier daneben. Ich schluckte, oje, Bier war ja nun gar nicht mein Fall! Marcello legte sich dicht vor meine Füße, ich grinste.

»Marcello, liegst du mir also zu Füßen, mein Schatz«, sagte ich leise.

»Meine Prinzessin!« Er kuschelte liebevoll seinen Kopf an meine Beine, ein warmes Gefühl breitete sich in meinem Magen aus und ich war froh, dass nur ich ihn gehört hatte, da er ja als Tiger nur telepathisch kommunizieren konnte. Ben und Claudia standen immer noch neben dem Tisch.

»Möchtet ihr euch nicht auch setzen?«

Sie schüttelte den Kopf. »Wir haben bereits gegessen, lass es dir gut schmecken! Wenn es in

Ordnung für dich ist, würden wir zu meiner Tante gehen? Sie steht bei den Getränken an. Du bist ja in guter Gesellschaft«, lächelte sie.

Ich errötete, auch wenn sie Marcello nicht gehört hatte, seine Schmuseeinheit war ihr nicht entgangen. »Aber sicher doch. Wir kommen bald nach zu euch!«

»Ja, hier verliert man sich nicht. Bis später ihr beiden!«

»Bis gleich und grüß mir deine Tante!«

»Mach ich!« Sie entfernten sich.

»Wie gefällt dir unser Sommerfest, Kathaleena, schön isses, was?«, fragte Wil.

»Gut. Viel habe ich allerdings noch nicht gesehen. Wir sind gerade erst angekommen.«

»Komm, iss, Mädchen, iss. Sonst wird es kalt.«

Ich sah auf den Fleischberg, wie gut, dass ich hungrig war, sonst hätte ich nichts runterbekommen bei dem Anblick. Ich war zwar keine Vegetarierin, trotzdem war mir das zu viel an Fleisch. »Gibt es noch was dazu?«, fragte ich daher.

»Natürlich! Ollie, reich Kathaleena das Brot! Komm, mach schnell! Sie ist hungrig!« Prompt lag es vor mir.

»Vielen Dank!«

Er tätschelte mit seiner runzeligen Hand meine und lächelte mir zu. »Iss, mein Mädchen. Lass es dir schmecken, wird dir guttun!« Dies sagte er mit solcher Wärme, dabei kannte er mich doch kaum.

»Danke«, murmelte ich gerührt. Ich hatte zwar an Gemüse gedacht, aber so brach ich mir ein Stück vom Brot ab, es schmeckte fantastisch! War weich und roch verlockend, ich liebte frisch gebackenes Brot! Dazu aß ich das Fleisch, überraschenderweise gefiel es mir ebenfalls sehr gut, es war saftig und würzig. Um mich herum redeten die Männer über ihre Arbeit und obwohl ich nicht dazugehörte, fühlte ich mich nicht ausgeschlossen.

Nach einer Weile war ich fertig und lehnte mich genüsslich zurück. Ich blickte hinab zu Marcello, der hatte die Augen geschlossen, sein Brustkorb hob und senkte sich. Er sah total friedlich aus, wie er zufrieden schlief zu meinen Füßen. Ich feixte, dieser Freund unterschied sich wirklich sehr von meinen vorherigen Beziehungen, ich hatte noch nie einen Freund schlafend zu meinen Füßen liegend. Da schlug er die Augen auf und hob den Kopf, schleckte sich mit der Zunge übers Maul, erhob sich, streckte sich der Länge nach und gähnte. Setzte sich hin, leckte seine Pfote und putzte sich damit Kopf und Schnauze, er sah aus wie eine große Katze, ich liebte Katzen und war total verzückt von ihm, so süß! Ich liebte Tiere! Und ich liebte es, sie zu beobachten und jetzt hatte ich mein eigenes Privatexemplar! Er schaute mich fragend an, kam zu mir, schmiegte sich an meine Beine, stellte seine Tatzen auf die Bank, auf der ich saß und verwandelte sich in einen Menschen. Er küsste mich, nun vor mir kniend, stand auf und setzte sich neben mich, verwundert sah er auf meinen Teller.

»Du hast noch nichts gegessen? Ich dachte, du bist so hungrig?«

Der Teller war noch halbvoll. »Ich habe total viel gegessen, du hättest den mal vorher sehen sollen, das alles zu essen schafft niemand!« Er ließ seinen Blick schweifen über die leeren Teller der anderen am Tisch. »Das schafft niemand, der ein Mädchen wie ich ist«, verteidigte ich mich.

»Ein Stadtmädchen.« Er sah mich verliebt an und ich war froh, dass ich bereits gegessen hatte, sonst hätte ich nichts mehr runterbekommen, es kribbelte in meinem Magen. Er umschloss meine Hand, hob unsere verschlungenen Hände hoch und küsste mich sanft auf den Handrücken, dabei schaute er mir tief in die Augen, mein Magen schlug nun Purzelbäume. »Ich freue mich wirklich sehr, dass du mit mir hier bist und mitgekommen bist!«, sagte er zärtlich.

»Ich mich auch, Marcello! Ich freue mich auch, so sehr!«, seufzte ich glücklich.

Er lächelte ebenfalls glücklich, dann fiel sein Blick auf den vollen Bierkrug. »Komm, trink noch aus und dann lass los zu den anderen!«

»Wir können los, ich trink das nicht.«

»Okay, kann ich?«

Ich zuckte mit den Schultern. »Aber sicher.«

Er leerte es in einem Zug.

»Marcello! Das ist Alkohol!«, war ich entsetzt.

»Ich kann das ab, bin ja kein Stadtmädchen«, feixte er. »Und nun komm, steig auf!« Er verwandelte sich erneut in einen Tiger, ich war immer noch verblüfft, wie schnell das ging, einladend schaute er mich an.

»Ich laufe selbst! Danke trotzdem.«

Er knurrte unzufrieden und nickte in die Runde.

»Tschüss Marcello, tschüss Kathaleena, bis später!«, erklang es vom Tisch.

»Viel Erfolg bei den Meisterschaften, Kathaleena!«, rief Wil.

»Ja, euch auch!«, wünschte ich zurück, er schüttelte den Kopf.

»Das ist nichts mehr für mich.«

Marcello stupste mich wieder wie vorhin mit seiner Schnauze an.

»Marcello! Hör auf damit!«, schimpfte ich erfolglos, er stupste mich erneut an.

»Komm, wir müssen uns noch für die Beach Games-Meisterschaften anmelden!«

»Ja, gut!« Bevor er mich weiter drängte, ging ich lieber selber los, er tappte neben mir her. »Du kannst mich später nach Hause tragen, okay?«, schlug ich vor.

»Hm ...« Er klang nicht sehr begeistert.

Ich grinste. »Du willst doch bloß mit mir angeben.«

»Na klar will ich das!« Er schmiegte sich glücklich an meine Beine. »Gefällt es dir hier?«

Ich kraulte ihm den Kopf. »Ja, sehr. Und alle sind so gastfreundschaftlich! Wil hat mir gleich was zu essen hingestellt.«

»Ich habe Ben gesagt, dass du Hunger hast.«

»Oh! Deswegen, danke dir, mein Tigerchen!«

Behaglich knurrte er. »Ich pass auf dich auf, du musst dir keine Sorgen machen, wenn ich bei dir bin! Ich kümmere mich um dich!« Mir wurde warm vor Freude, das war so lieb und fürsorglich von ihm!

»Das tue ich auch für dich! Also auf alle Fälle für alles, was ich dir als Mensch Gutes tun kann und natürlich auch als Tiger, wenn es da auch was gibt, was ich tun kann«, fügte ich verunsichert hinzu, mir fiel da gerade nichts ein, aber vielleicht gab es da ja was. Glücklich kuschelte er sich an mich beim Gehen, von allen Seiten erschollen Begrüßungen, er nickte zurück. Ich sah nur Menschen um mich herum, da brachen wir aus der Menge, erleichtert atmete ich auf. Vor uns ging es hinab — und endlich waren wir da, wo ich schon die ganze Zeit hinwollte, an den Strand mit meinem geliebten Meer! Links davon befand sich eine Hütte, die gar nicht mal so klein war, davor war wieder eine Menschenmasse versammelt, ich hatte wirklich keine Ahnung gehabt, dass es tatsächlich so viele sein würden. Hinter der Hütte parkten zahlreiche Autos, eine unbefestigte Straße zwängte sich durch den Wald, deswegen hatten wir niemand auf dem

Weg angetroffen, den wir hergekommen waren, da alle anscheinend mit dem Auto angereist waren. Jetzt wurde mir aber auch klar, wie sie all die Tische, Stühle, das Geschirr, Essen und Trinken herangeschafft hatten, obwohl man es immer noch vom Auto den Hang hier hochschleppen musste. Wir liefen einen schmalen Pfad hinunter, Sand knirschte unter meinen Füßen. »Jetzt verstehe ich den Ausdruck Strandparty!«, murmelte ich glücklich. Rechts erstreckte sich das Meer bis zum Horizont, die Wellen brachen sich brausend auf den Strand, Gischt spritzte in die Höhe, ich liebte dieses Geräusch, dass sich wie die Atemzüge des Meeres so gleichmäßig und beruhigend anhörte. Wir bahnten uns einen Weg durch die Leute, die meisten waren in unserem Alter, wie mir auffiel. Sie unterhielten sich lachend mit Cocktails in den Händen und standen in losen Gruppen beieinander. Natürlich wurde Marcello auch hier wieder stürmisch begrüßt und über seinen Kopf gestrichen, er schien ziemlich beliebt zu sein.

»Hallo Kathaleena!«, erklang es da von der Seite von jemanden, den ich noch nie zuvor gesehen hatte und dann übernahmen es die anderen und grüßten auch mich. Obwohl ich sie nicht kannte, fühlte sich das gut an, ich fühlte mich willkommen und akzeptiert als Fremde im Dorf, lächelnd grüßte ich zurück.

»Hey, hier sind wir!«, rief es da, Marcello schoss los und sprang begeistert Gregory an, der lachte erfreut und wuschelte ihm über den Kopf, langsam näherte ich mich ihnen. Die taten geradezu, als hätten sie sich eine Ewigkeit nicht gesehen, statt dieser kurzen Zeit, ich fand das etwas übertrieben. Immerhin lächelte mich Paula an, wenigstens hatte sie mich dieses Mal vermisst. Gregory sah auf und feixte. »Hey Kathaleena«, flirtete er mich an, was sollte denn das? Er wusste doch, dass ich Marcello datete, noch dazu stand Paula neben ihm. Jetzt zog er mich auch noch in den Arm und küsste mich erneut links und rechts auf die Wange, ich löste mich schnell von ihm und schob ihn weg, Marcello schien das nichts auszumachen. Er sollte mich und meine Ehre verteidigen und nicht zusehen, wie sein bester Freund mich anfasste! Jetzt sprach Marcello anscheinend auch noch telepathisch mit ihm und ich war wieder ausgeschlossen, denn Gregory nickte zustimmend. »Okay, macht das. Wir sind hier.« Er wandte sich Paula zu, die lächelte ihn verliebt an und sie küssten erneut, Marcello kuschelte sich an meine Beine.

Da die beiden mit sich beschäftigt waren und uns nicht mehr beachteten, nutzte ich die Gelegenheit und sagte leise zu Marcello: »Du hast gesagt, du verteidigt mich? Dann tu es auch! Ich will nicht ständig in Gregorys Armen liegen und von ihm auf die Wange geküsst werden!«

Er sah mich überrascht an, nickte und sprang ihn an, der stolperte zur Seite und ließ Paula los, ein Schwall aus seinem Drink ergoss sich auf sein Shirt. »Boah! Was soll das, Tiger! Was greifst du mich hier an!«, motzte er sauer, Marcello schien ihm zu antworten und die Antwort gefiel ihm offensichtlich nicht. »Hm.« Gregory musterte ihn verärgert und verschränkte die Arme.

»Oh, du Armer! Und alles auf dein Shirt!« Sie schaute nun gleichfalls wütend auf Marcello, nahm ein Taschentuch aus ihrer Handtasche und versuchte, den Fleck zu trocknen, Gregory wischte ihre Hand genervt weg, ergriff sie dann, drehte sich abrupt um und ging mit ihr fort. Einerseits war das gut, es war wohl deutlich bei ihm angekommen, andererseits wollte ich nicht der Anlass zu einem erneuten Streit zwischen den beiden sein und bekam ein schlechtes Gewissen.

»Mir nach!« Marcello steuerte auf die Hütte zu, unsicher lief ich ihm hinterher.

»Warte, Marcello!«

Er blieb stehen und schaute mich fragend an.

»Was hast du ihm denn gesagt? Also danke auf jeden Fall, aber ich will nicht, dass er jetzt sauer auf dich ist und ihr verstritten seid wegen mir, es tut mir leid«, stotterte ich verlegen und errötete.

»Alles gut, mach dir keine Gedanken. Wir sind nicht verstritten und er wird dich nicht mehr anfassen. Und nun komm!« Er stupste mich freundschaftlich mit seiner Nase an.

»Okay«, murmelte ich verwirrt und strich ihm über den Kopf, er knurrte zufrieden. Wir gingen wieder los, ich legte meine Hand auf seinen Rücken und spürte seinen heißen Körper, zärtlich strich ich über sein dichtes Fell. Wir erreichten nun die Strandhütte, sie war komplett aus Holz, nach vorne hin offen und in zwei Bereiche unterteilt. Im linken Bereich stand eine breite Theke aus Holz hinten längs zur Rückwand, davor lagen Leute auf den etlichen hölzernen Strandliegen. Rechts durch eine Holzwand, mit einer offen stehenden Tür getrennt, war ein kleiner schmaler Raum mit

Sitzbänken an den Wänden, auf dem sich die Gäste rekelten. In der Mitte befand sich ein Grill, auf dem was brutzelte, verhungern konnte man hier auf jeden Fall nicht. An irgendetwas erinnerte mich der rechte Raum, ich kam nur nicht darauf und wozu die Tür und die Wand, wenn doch nach vorn hin alles offen zugänglich war? Marcello sprang in die Strandhütte, unter seinem Gewicht knarrten die Bretter, als er sich seinen Weg an den Leuten vorbei zur Theke bahnte. »Ist das Benjamin?«, fragte ich überrascht, er nickte. Und tatsächlich, stand dieser hinterm Tresen und schüttelte gerade einen Cocktailshaker, ich war beeindruckt, er konnte also auch Cocktails mixen? »Marcello, was ist eigentlich mit den Beach Games-Meisterschaften? Wollten wir uns nicht dafür anmelden?«

Sein raues Tigerlachen erklang. »Das tun wir gerade!«

»Ach ja?«, wunderte ich mich.

Doch da hatte uns Benjamin schon erblickt. »Hi Marcello, hi Kathaleena!« Er stellte den Shaker ab und trocknete sich die Hände an einem Handtuch. Marcello verwandelte sich in einen Menschen, ich war immer noch total fasziniert von seinen Wechseln. Sie schlugen sich in die Hände, kein komplizierter Freundschaftshandschlag wie bei Gregory, fiel mir auf, dann reichte Benjamin auch mir die Hand.

»Wie läuft's?«, fragte Marcello.

Benjamin grinste. »Super! Zweimal?«

Marcello nickte.

»Bestell mir bloß kein Bier«, sagte ich.

Sie sahen mich an und brachen in ein Lachen aus.

»Was ist denn?«, verteidigte ich mich. »Kann ja nicht jeder Bier mögen wie ihr Bergmänner! Dann nehme ich lieber einen Cocktail!« Marcello küsste mich liebevoll aufs Ohr. »Das kitzelt!«, kicherte ich.

»Benjamin hat uns gerade für die Beach Games-Meisterschaften angemeldet«, klärte er mich auf und blickte mich vergnügt an.

»Ach so.« Na klar, so ging das hier, in der Stadt hätte man vermutlich erst mal ein Formular ausfüllen müssen.

»Was möchtest du trinken?« Er schaute mich nun zärtlich an, seine Augen glitzerten verführerisch und strahlten, mir wurden die Knie ganz weich, er grinste. »Kathleen? Trinken?«, amüsiert er sich.

»Ja, klar.« Ich sah schnell zu Benjamin, um wieder einen klaren Kopf zu bekommen, der schüttete gerade den Inhalt des Shakers in Krüge, reichte sie einem Paar neben uns und kassierte ab. Der Tresen bestand aus einem länglichen Tisch für ihn und einer hohen Anrichte, auf die ich mich stützte. »Was hast du denn für Cocktails?«

»Ich kann dir jeden machen, den du möchtest.« Er füllte erneut den Shaker, neben uns standen zahlreiche Personen, die ebenfalls von ihm bedient werden wollten und hinter uns formte sich langsam eine Schlange, also langweilig würde es ihm auf alle Fälle hier nicht werden.

»Kathleen, was möchtest du?«, lächelte Marcello, Benjamin schüttelte den Shaker und sah mich nun auch fragend an, mir fiel bloß gerade überhaupt nichts ein.

»Mach mir einfach irgendwas Cooles, Süßes mit nicht so viel Alkohol«, rettete ich mich, er nickte.

»Und du, Marcello?«

»Ein Bier.«

Benjamin hatte die neuen Cocktails fertig und reichte sie dem Pärchen neben uns.

»Marcello«, sagte ich leise, »magst du nicht weniger trinken? Du bringst mich ja später noch nach Hause.«

Er lachte. »Mach ich, aber mach dir keine Sorgen, ich kann viel ab als Tiger!«

»Ja, aber jetzt bist du doch gerade Mensch, wenn du es trinkst?«

Er zuckte mit den Schultern. »Das ist egal. Mein Körper reagiert trotzdem so, wie mein Tigerkörper. Deswegen friere ich auch als Mensch nicht.«

»Hm ... das stimmt«, murmelte ich verwirrt und erinnerte mich an unser erstes Date, wo er im Regen gewartet und es ihm nichts ausgemacht hatte, so richtig verstand ich es trotzdem alles nicht. Ich öffnete meine Handtasche, nahm einen Schein heraus und reichte den Benjamin, doch der ignorierte ihn und schenkte Cola in mehrere Krüge ein.

Marcello schüttelte den Kopf. »Du bist eingeladen, bitte.«

Ich seufzte, das wurde mir mittlerweile unangenehm, dass ich überall von jedem hier eingeladen wurde und mich nicht revanchieren konnte.

»Komm, du bist mein Gast.« Er nahm die Getränke und wandte sich zum Gehen.

Irritiert sah ich zu Benjamin, der wischte gerade mit einem Lappen über den Tresen,

Marcello hatte schließlich noch nicht bezahlt, war ihm das nicht aufgefallen? Offenbar war es für beide in Ordnung, verunsichert folgte ich ihm. »Marcello, ich glaube, wir haben das Zahlen vergessen«, sagte ich leise zu ihm.

Er lachte. »Ist schon alles okay so. Ich habe dir doch gesagt, mach dir keine Sorgen, du bist mein Gast.«

»Das ist super süß von dir, aber ich bin nicht Benjamins Gast!«

Er zuckte mit den Achseln. »Doch, bist du, weil wir beste Freunde sind.« Wir traten heraus aus der Strandhütte.

»Ja, aber er ist nicht mein bester Freund«, widersprach ich.

»Wir sind hier!«, erscholl es da von weiter vorn, er nickte Gregory zu, wir näherten uns ihm und Paula.

»Siehst du, er hat sich wieder eingekriegt«, sagte Marcello zufrieden. Und tatsächlich, als wir ankamen, grinste der schon wieder, auch mich grinste er an, aber er begrüßte mich nicht mit seinem Wangenküsschen glücklicherweise. Sie saßen auf zwei Strandliegen und hatten nur noch eine weitere für uns reserviert, ich schaute Marcello fragend an, er lächelte.

»Die ist für dich. Ich brauche keine Liege als Tiger!«

»Soll ich dir's abnehmen?«, fragte Gregory nun breit grinsend.

»Ja, danke.« Marcello reichte ihm sein Bier und mir den Cocktail, da ergoss sich ein Schwall Bier über ihn. Er verwandelte sich sofort in einen Tiger und die Flüssigkeit perlte an ihm hinab, Gregory lachte ihn aus.

»Das war die Revanche, Tiger!«

Der sprang ihn an, so dass ihm der Bierkrug aus der Hand fiel und er nach hinten in den Sand stürzte, stellte ihm seine Pranken auf den Brustkorb und fixierte ihn damit im Sand. Gregory nahm, von ihm unbemerkt, eine Handvoll Sand in die eine Hand.

»Pass auf!«, rief ich, doch zu spät! Schon warf er ihm den Sand ins Gesicht, Marcello winselte auf und rannte ins Meer, Gregory rappelte sich hoch, Paula war sofort an seiner Seite.

»Hatte ich eine Angst! Es sah aus, als würde er dich umbringen!«

Er lachte laut auf und klopfte sich den Sand aus den Klamotten. »Tiger ist mein bester Freund! Das würde er nie tun, keine Angst.« Er ließ sich genüsslich in die Strandliege fallen, sie setzte sich auf ihre und streichelte immer noch überfürsorglich seinen Arm. Ich war inzwischen mehr als genervt von ihrem Verhalten, keine Ahnung, was in sie gefahren war, so hatte ich sie noch nie erlebt!

»Aber als er über dir stand mit seinem großen Maul mit seinen Zähnen, ich dachte, er reißt dir den Kopf ab!«

Er sah sie scharf an. »Und ich sage dir jetzt mal was, Tiger ist mein bester Freund! Er würde mein Leben retten und ich seins, so ist das bei uns! Alles klar?« Damit setzte er sich seine Sonnenbrille auf, verschränkte die Hände hinter dem Kopf und pfiff vergnügt vor sich hin.

Marcello stürmte aus dem Meer auf uns zu, Wasser lief an ihm hinab und hinterließ eine nasse Sandspur. »Mädels, aus dem Weg!«, rief er scheinbar nur zu mir und Paula, denn sie sprang auf, auch ich erhob mich. Gregorys cooles Lächeln verschwand, er schien was zu ahnen und versuchte aus seiner Liege zu entkommen, doch da war Marcello schon neben ihm und schüttelte sich. Es war wie bei einem großen Hund, Wasser spritzte aus seinem Fell, Gregory hatte seine Arme schützend vors Gesicht gehoben, was ihm allerdings nichts nützte, ich lachte. Marcello gähnte genüsslich, streckte sich der Länge nach, kam zu mir und schmiegte sich an meine Beine, ich strich über sein Fell, es war fast wieder trocken. Gregory hingegen war klitschnass und sauer, wütend erhob er sich aus der Liege, rannte auf ihn zu und warf sich auf ihn, seinen Hals umklammernd. Ich sprang schnell ein großes Stück zur Seite, die Jugendlichen von den umliegenden Sonnenliegen sahen amüsiert zu den beiden herüber und nippten an den Strohhalmen von ihren Drinks. Marcello schüttelte sich kräftig und Gregory flog in hohen Bogen in den Sand, dabei fiel seine Sonnenbrille vom Gesicht.

»Gregor, Schatz!«, rief da Paula besorgt, ich trat neben sie.

»Jetzt spiel dich hier nicht so auf!«

»Ganz ehrlich, ich frage mich, wie du mit so einem TIER zusammen sein kannst!«

»Wie bitte? Beleidigst du gerade meinen Freund? Marcello ist der totale Gentleman!«

»Ach ja? Das sieht man aber gerade nicht!«

»Ja, ist er!« Beleidigt drehte ich den Kopf weg und verschränkte die Arme vor der Brust.

Gregory hatte sich aufgerappelt, Sand klebte an seiner Kleidung und dem Körper, Marcello stand vor ihm und fauchte ihn an. »Okay, gewonnen«, sagte der und schlenderte lässig an ihm vorbei, drehte sich blitzschnell um und holte mit dem Fuß aus.

»Marcello!«, rief ich warnend, doch der hatte sich schon mit einer atemberaubenden Geschwindigkeit umgedreht! Gregorys Fuß schnellte vor, Marcello riss sein Maul auf und umschloss seinen Knöchel! Paula kreischte auf vor Entsetzen, auch ich war geschockt! Verletzte er gerade Gregorys Bein? Mein Herz pochte laut in den Schläfen! Doch Gregory schien total schmerzfrei und zerrte daran herum, während er einfüßig umhersprang, was irgendwie auch lustig aussah, Marcello behielt jedoch den Knöchel im geschlossenen Maul.

»Tiger! Lass mich los!«, maulte Gregory und zerrte weiter, da öffnete der es, er flog nach hinten in den Sand, sein Bein schoss dabei nach oben und war unversehrt. Erleichtert atmete ich aus, es hatte wirklich gefährlich ausgesehen! Er stand auf und grinste schief, Marcello verwandelte sich in einen Menschen, sie gingen aufeinander zu und fielen sich in die Arme. Gregory klopfte ihm freundschaftlich auf die Schulter, die Arme einander um die Schultern gelegt, kamen sie zu uns, als ob nichts gewesen wäre. Die Jungs und Mädels um uns herum nahmen ihre Gespräche wieder auf, Paula und ich jedoch waren noch etwas traumatisiert. Sie eilte auf Gregory zu und fiel ihm um den Hals.

»Ist alles okay mit dir?«, stammelte sie verängstigt, er küsste sie als Antwort, Marcello schlenderte zu mir und lächelte mich an.

»Was sollte denn das?«, fragte ich sauer.

Er zuckte lässig mit den Schultern. »Streitest du dich nicht mit deinen Freundinnen?«

»Vielleicht, aber wir schlagen uns nicht!«

Er nahm mich in den Arm, ich hatte immer noch meine Arme vor dem Bauch verschränkt und wendete mich von ihm ab, er umschlang mich nun von hinten und küsste mein Haar. »Was ist los?«

»Ich habe mich gesorgt. Dass einem von euch was passiert!« Ich drehte mich mit einem Ruck um. »Bitte Marcello, prügele dich nicht mehr«, seufzte ich bekümmert.

»Ich prügele mich doch nicht!« Er lächelte mich liebevoll an und küsste meine Schläfe.

»Marcello, ich meine es ernst, ich mag es nicht, wenn Leute sich streiten.«

»Und du kannst mich nicht verändern, wie es dir passt. Ich bin ein Tiger und etwas Raufen brauche ich, das war nur Spaß! Ich mag es, sich zu ärgern.« Er grinste mich verspielt an und kitzelte mich an meiner Seite.

»Nein, lass das!«, kicherte ich und löste meine verschränkten Arme, um ihn wegzuschieben, da schloss er mich in seine und streichelte meinen Rücken, verliebt kuschelte ich mich an ihn.

»Kathleen, mach dir keine Sorgen. Das ist nur Spaß mit Gregory. Er ist mein bester Freund, das ist ein Spiel. Das brauche ich, ich muss mich austoben, das ist alles.«

»Hm.« Ich schaute über seine Schulter zu Gregory, der ließ sich gerade auf die Liege fallen und lachte vergnügt, offenbar machte es ihm genauso einen Spaß. »Komm, lass uns zu den anderen gehen.«

»Okay.« Marcello nahm meine Hand und führte mich zu der freien Liege, ich setzte mich darauf. Er ließ sich daneben in den Sand nieder und küsste zärtlich meine Hand, ich errötete und blickte mich um, aber niemand beachtete uns zum Glück. Paula und Gregory hatten die Köpfe zusammengesteckt und waren mit sich beschäftigt, sie lagen direkt neben uns. Marcello wurde zum Tiger, leckte nun über meine Hand, legte dann seinen Kopf auf dem Boden ab und schloss die Augen. Ich lehnte mich entspannt zurück, ergriff meinen Cocktail und probierte ihn, er war echt gut, und schmeckte nach Orange und Ingwer, Benjamin schien Talent zu haben. Ich schloss die Augen, spürte die warmen Sonnenstrahlen auf meiner Haut, hörte die Brandung des Meeres und roch die salzige Meeresluft. Ich fühlte, wie ich mich immer mehr entspannte. Es war alles ziemlich neu für mich hier, trotzdem fühlte ich mich wohl. Um mich herum lachten und unterhielten sich die Leute, ich zog die Schuhe aus und spürte den warmen Sand unter den Fußsohlen, endlich hatte ich Urlaub, so hatte ich mir das vorgestellt! Nichts tun und entspannen! Ich blickte zu Marcello, es schien, als würde er vor sich hindösen und nutzte die Gelegenheit, um mit Gregory ungestört zu sprechen. Der lachte gerade auf, Paula strich ihm zärtlich über die Wange, da musste ich jetzt leider stören, wobei, so leid tat es mir dann auch nicht.

»Sag mal Gregory, euer Streit gerade, war das für dich okay?«

»Was denn für ein Streit?«, fragte er abgelenkt und küsste sie nun auf die Wange.

»Na eben gerade mit Marcello.«

»Ach das, das hat Spaß gemacht«, feixte er, löste sich von ihr und streckte sich zufrieden in seiner Liege.

»Das sah total gefährlich aus«, ließ ich nicht locker.

»Ihr Mädels übertreibt. Tiger und ich sind beste Freunde. Wir kennen uns schon ewig. Das ist unser Ding, wir streiten gerne.«

Jetzt war meine Neugierde geweckt. »Und wie hast du ihn kennengelernt?«

»Tiger? In der Schule.«

»Gregor, kannst du mich massieren?«, mischte sich da Paula ein, sie hatten ihre Strandliegen so dicht nebeneinander aufgestellt, dass sie praktisch nebeneinander lagen.

»Klar, Süße.«

Sie drehte sich auf den Bauch, er fing an ihren Nacken zu massieren und schien genau zu wissen, was er tat. Ich bekam große Lust auch massiert zu werden, das würde ich Marcello später fragen, aber jetzt wollte ich erst mehr über ihn erfahren. Sie seufzte glücklich, Gregory schien sich mächtig ins Zeug zu legen, seine schlanken Finger kreisten und glitten an ihrem Nacken entlang. Ich stellte mir vor, ich würde so massiert werden und bekam eine Gänsehaut. Er sah mich an und grinste anzüglich, so als hätte er meine Gedanken gelesen, ich errötete und schaute schnell weg.

»Und wie habt ihr euch in der Schule kennengelernt?« Ich blickte ihn wieder an, er lächelte, aber dieses Mal so, als ob er sich an was erinnern würde.

»Tiger kam neu an unsere Schule. Unsere Lehrerin stellte ihn vor und dann verwandelte er sich in einen Tiger. Jetzt ist es ja normal, aber das war das erste Mal, dass ich so was jemals gesehen hatte. Und für die anderen auch, ich fand es sofort total cool! Die Lehrerin schimpfte mit ihm und sagte, er soll wieder Mensch werden, aber er blieb Tiger und rannte einfach so auf seinen Platz. Sie wurde total sauer, er fauchte sie an und blieb aber Tiger, das war einfach nur cool! Dann verwandelte er sich als Mensch und bekam Ärger. So wurden wir Freunde, wir haben nur Quatsch gemacht.« Er grinste.

Ich stellte mir einen kleinen schwarzen Tiger vor, der in der Schule an einem Pult saß und dann auch noch frech rumfauchte. Ach, mein süßes, freches, liebes, kleines Tigerchen! »Was habt ihr denn für Quatsch gemacht?«

»Tiger kann gut klettern. Also ist er aufs Dach geklettert und hat mich auf seinem Rücken mitgenommen.« Aha, Gregory durfte also auch auf seinem Rücken reiten? »Oben haben wir uns gesonnt, bis der Hausmeister kam und uns weggescheucht hat. Oder Tiger hat so getan, als ob er mich angreift und in den Hals beißt«, amüsierte er sich, wenn das so aussah wie die Sache vorhin mit seinem Bein, konnte ich mir das lebhaft vorstellen! »Ich habe total rumgeschrien, als ob ich sterben würde und alle Lehrer kamen angerannt und dachten, Tiger würde mich töten!« Er konnte vor lauter Lachen kaum weiterreden. »Das war so lustig, die waren mega panisch! Und Tiger hat einen auf böser Tiger gemacht, an mir rumgerissen und so. Das war richtig gut gewesen!«, seufzte er nostalgisch. Die armen Lehrer! Ich wäre gestorben vor Angst!

»Oje, und dann?«, fragte ich gespannt.

»Dann hat mich Tiger losgelassen und sie haben gesehen, dass ich okay bin und wir die nur verarscht haben.«

»Ihr seid echt gemein gewesen!« Die Lehrer taten mir in dem Fall total leid! »Und welche Strafe habt ihr bekommen?«

»Die waren eigentlich nur sauer, dass wir so getan haben, als ob ich gestorben wäre.«

»Was?«, entsetzte ich mich.

»Das war meine Idee gewesen«, lachte er. »Ich habe mich bewusstlos gestellt und gespielt, als ob mich Tiger getötet hätte und er hat mich weggeschleift. Wir haben uns dann versteckt. Die haben den Krankenwagen und die Polizei angerufen und uns gesucht. Die waren dann ziemlich sauer«, feixte er.

»Echt Gregory, wie kannst du nur!«, empörte ich mich.

Er zuckte mit den Schulter. »Selber schuld, wenn sie es glauben. Tiger ist so lieb, er würde niemals jemanden was antun.« Er hob eine Hand und kratzte sich am Hals.

»Ey, Gregor, bitte nicht aufhören«, beschwerte sich Paula.

»Gefällt es dir?«, lächelte er und massierte weiter mit einem unglaublichen Elan.

»Hm ... ja sehr, du bist einfach in allem fabelhaft!«, seufzte sie verliebt, wie übertrieben, ich schüttelte ungläubig den Kopf. Seine schlanken Finger glitten über ihren Rücken und bearbeiteten ihn liebevoll.

»Und was haben eure Eltern gesagt?«

»Ich hatte Glück. Da meine Mutter gedacht hatte, ich wäre tot, hat sie sich gefreut, dass ich es nicht war.«

»Deine Mutter dachte schon, du wärst tot? Echt mal Gregory, wie konntet ihr nur!«

»War ja nur Spaß.«

Ich schaute ihn vorwurfsvoll an.

»Wir haben es nie wieder gemacht«, fügte er hinzu.

»Zum Glück! Und Marcello?«

Er blickte zu ihm rüber. Ich war mir inzwischen ziemlich sicher, dass der schlief, sonst hätte er sich bestimmt schon längst eingemischt. Er war ja eher ziemlich verschlossen was seine Vergangenheit anging, das wusste offenbar auch Gregory. »Hat ganz schönen Ärger bekommen«, sagte er leise. »Sein Vater war total sauer, Tiger hat nicht darüber geredet aber er hat dann erst mal keinen Quatsch mehr gemacht und Hausarrest bekommen.«

»Ist auch richtig so, hättest du auch bekommen sollen!«

Er grinste mich schelmisch an. »Wieso, ich war bloß das arme Opfer!«

»Ja, ja, ganz unschuldig natürlich«, kicherte ich.

Er nickte. »Bin ich immer! Hm ... mal überlegen, was haben wir noch für Quatsch gemacht?«

»Ich bin mir nicht sicher, ob ich noch mehr hören will«, seufzte ich.

Er lachte. »Kathaleena, so schlimm waren wir auch nicht. Wir haben auch total viel Gutes gemacht!«

»Dann lass mal hören!«

»Gregor, kannst du ein bisschen höher massieren? Ja, genau da, merkst du, wie verspannt ich bin?«

Er beugte sich vor und flüsterte ihr ins Ohr: »Ich werde dich schon locker kriegen, wirst sehen, spätestens heute Nacht!«

Verliebt kicherte sie, ich tat so, als hätte ich es nicht gehört. »Also?«, fragte ich.

»Also was?« Er kitzelte sie jetzt an der Seite, sie fuhr herum, umschlang seinen Hals und zog ihn auf sich, sie knutschten.

»Gutes, was habt ihr Gutes getan?«

Er legte sich neben sie und streichelte sanft ihre Arme, glücklich legte sie ihren Kopf auf seine Brust. »Tiger hat ein Kind gerettet, was ertrunken wäre.«

»Echt?« Wow, mein Marcello war ein Held!

»Nein.« Er sah dabei weiter hinab auf ihre Arme.

»Was?«

»Aber er hätte es getan, wenn ein Kind beim Ertrinken gewesen wäre.«

»Also hat er kein Kind gerettet?«, fragte ich verwirrt.

»Nein. Aber wenn, hätte er es getan.«

»Was soll denn das für eine gute Tat sein? Ich will hören, was ihr wirklich gemacht habt und nicht getan hättet!«

»Gregory hat immer Nachhilfe gegeben.«

Ich zuckte zusammen und drehte mich um. »Oh, Marcello, du bist wach!« Oder hatte er doch nicht geschlafen? Er setzte sich in seiner Menschengestalt hinter mich und kuschelte sich an mich. Eine warme Woge der Zuneigung durchfloss mich, ich liebte es so sehr, ihn nahe bei mir zu spüren.

»Tiger hat immer Brennholz für die Schule geholt.«

»Gregory hat die Deko für die Schulveranstaltungen gemacht.«

»Tiger hat die Schule gestrichen.«

»Gregory hat mir gerade erzählt, wie ihr euch kennengelernt habt«, begeisterte ich mich.

»Hm.« Marcello sah nicht aus, als würde er dazu was ergänzen wollen, so wandte ich mich erneut Gregory zu, der eindeutig mitteilungsfreudiger war.

»Und was habt ihr nach der Schule so unternommen?«

Der zuckte mit den Schultern und schaute prüfend zu Marcello rüber, als wollte er nicht zu viel erzählen. »Viel, wir waren schwimmen im Meer, haben Sport gemacht. Tiger hat mich auf seinen Rücken genommen und wir sind auf die höchsten Bäume geklettert. Wir haben oben gesessen und konnten alles von da oben sehen, wenn jemand vorbeikam, haben wir uns Geschichten dazu ausgedacht.«

Marcello nickte knapp.

»Was denn für Geschichten?«

»Krimis und wir waren die Kommissare und mussten die Fälle lösen«, fuhr Gregory fort. »Verdächtige beschatten, Beweismaterial suchen und so weiter. Das hat echt Spaß gemacht. Oder, Tiger?«

Der lächelte ihn an. »Ja, mit dir hat einfach alles Spaß gemacht. Du hast immer die besten Ideen.«

»Das liegt an dir! Du hast ja alles mit gemacht, mit dir kommen mir auch die besten Ideen«, lächelte Gregory ihn ebenfalls glücklich an, ließ Paula los, setzte sich an den Rand der Liege und ergriff dessen Hand, sie schwiegen. Wieder mal war ich ausgeschlossen aus ihrer Freundschaft und Einheit, das gab mir einen Stich.

»Und sonst noch so?«, durchbrach ich die Stille, er zuckte mit den Schultern, sie hielten sich immer noch an den Händen fest.

»Im Meer habe ich mich an Tiger festgehalten und er ist mit mir tief runtergetaucht oder ich bin auf seinem Rücken gesurft. Einmal haben wir im Wald gecampt mit seinem Va...«, er verstummte. Marcello ließ ihn los und stand auf, »Ich hole Bier«, verwandelte sich als Tiger und floh förmlich, Gregory blickte ihm besorgt hinterher.

»Das mit seinem Vater ist so traurig«, murmelte ich betrübt, vor allem mitanzusehen, wie sehr Marcello unter dem Verlust noch litt.

»Ich werde dazu nichts sagen, dass wäre Tiger nicht recht.«

»Dann habt ihr ja wirklich viel zusammen erlebt«, versuchte ich die gedrückte Stimmung wieder aufzuheitern, er nickte nachdenklich.

»Ja, ich kenne Tiger schon ziemlich gut. Ich war bei allem dabei, was er erlebt hat«, sagte er ernst, eine ganz neue Seite an ihm, ich kannte ihn bisher nur als den oberflächlichen Spaßvogel. Da erkannte ich die gleiche Traurigkeit in seinen Augen, die ich auch bei Marcello gesehen hatte und begriff. »Du vermisst seinen Vater auch«, sagte ich leise, er schwieg.

Paula schlang die Arme um seinen Oberkörper und küsste ihn. »Du kannst mich später gerne noch weiter massieren«, lächelte sie verführerisch.

»Aber sicher, das mach ich gerne«, flirtete er ebenfalls mit ihr und war scheinbar wieder ganz der Alte. Doch ich spürte noch seine Traurigkeit und das machte ihn mir sympathischer, er wurde für mich dadurch echter, greifbarer und authentischer. Er erhob sich, »Ihr sitzt ja total auf dem Trockenen! Ich hole euch was«, sammelte unsere leeren Krüge ein und griff sich auch Marcellos Krug, den dieser in seiner überstürzten Flucht völlig vergessen hatte mitzunehmen.

»Ich komme mit!«, beschloss ich, ich wollte nach ihm sehen, wie es ihm ging.

»Ich auch, wo ist hier eine Toilette?«, fragte sie.

»Gute Frage!«, stimmte ich ihr zu, das war heute einer der wenigen vernünftigen Sätze, die sie von sich gegeben hatte!

»Ich zeig euch, wo es langgeht, Darlings.« Er legte den Arm um sie und wollte wohl scheinbar das auch bei mir tun, doch dann ließ er ihn schnell wieder sinken. Ich feixte, konnte er leider nicht mit zwei Frauen in seinen Armen angeben, Marcellos Ansage schien gesessen zu haben. Wir bahnten uns einen Weg vorbei an den Leuten, die auf den Liegen relaxten und erreichten die Strandhütte. Dieses Mal knarzten die Bretter unter meinen Schritten, an der Theke stand mein geliebter Marcello, den Rücken uns zugewandt, mein Herz klopfte schneller. Er unterhielt sich gerade mit einem jungen Kerl hinterm Tresen, der nun statt Benjamin da war, Marcello lachte, zum Glück schien es ihm besser zu gehen. Ich beschleunigte meinen Schritt und eilte auf ihn zu, um ihn zu überraschen, doch er drehte sich um und lächelte mich an.

»Hallo Kathleen.«

»Mann, Marcello, ich wollte dich überraschen!«, maulte ich.

»Tiger Marcello, nicht Mann«, grinste er.

Ich feixte zurück. »Okay, mein lieber TIGER-Marcello, wie hast du mich kommen hören, ich habe mich extra leise angeschlichen?«

Er lachte amüsiert. »Du wärst ein ganz schlechter Tiger, das war kein Anschleichen und sowieso, deine Anwesenheit spüre ich sofort, auch wenn ich dich nicht sehe.« Er zog mich an sich, strich mir durchs Haar und versenkte seine Nase darin. »Außerdem riechst du gut«, murmelte er glücklich.

»Du auch.« Ich kuschelte mich an ihn.

Gregory und Paula waren rechts neben uns, wenig überraschend, hielt er sie nun auch im Arm. »Bobby, kommst du mal? Boah, wieso dauert das so lange?«, beschwerte er sich. Dieser war allerdings gerade am anderen Ende des Tresens und bediente dort die Leute, es standen etliche weitere an der Bar an und warteten wie wir.

»Du siehst doch, dass er beschäftigt ist, sei doch geduldiger!«, verteidigte ich ihn.

»Ich habe eben Durst!«

»Hier, Bro.« Marcello schob ihm sein halbvolles Bier hin.

»Danke, Tiger.« Der nahm einen großen Schluck und seufzte glücklich, Bobby kam nun zu uns rüber.

»Vier Bier, Bobby!«, bestellte jemand neben uns, der nickte und griff sich vier Krüge.

»Hi Bobby, kennst du schon Kathleen?«, fragte Marcello.

Der lächelte mich an und konzentrierte sich dann erneut auf die Biere, die er zapfte. »Ja und zwar habe ich sie sogar noch vor dir kennengelernt!«

»Oh?« Marcello sah mich überrascht an, ich musterte Bobby ebenfalls verwundert, da erkannte ich ihn wieder.

»Du bist mit mir in Vater Berg gegangen an meinem zweiten Tag hier!«, freute ich mich, dass ich ihn zuordnen konnte.

»Genau!«, grinste er. »Und wir haben zusammen draußen vorm Vaters gesessen nach dem Kino«, fügte er hinzu.

Vor dem Vaters, nach dem Kino? Da fiel mir Gregorys süße Gesangsstimme wieder ein und die Musik. »Du hast Gitarre dort gespielt!«

Er lächelte. »Siehst du, da haben wir doch schon einiges zusammen erlebt.«

Unsicher lächelte ich zurück, flirtete er mit mir? Er stellte das Bier auf die Theke und kassierte, da stürmte Benjamin von der Seite hinter die Bar und knallte einen Haufen Krüge auf den Schanktisch.

»Bobby, spülst du die und bringst noch Getränke rein?«

»Klar!« Der nahm die Krüge, eilte zu den zwei Waschbecken an der Wand und tauchte sie hinein.

»Benny, machst du den Mädels Cocktails?«, fragte Gregory.

»Zwei Bier, Benjamin«, kam es zeitgleich von links.

»Für uns auch!«, rief es da ungeduldig von rechts.

Der nickte, zapfte vier Biere und schaute uns fragend an. »Und was soll's für euch sein?«

»Das Gleiche noch mal«, entschied ich mich für die einfachste Variante.

»Für mich auch«, schloss sich Paula an.

Bobby stellte die abgewaschenen Krüge neben die anderen. »Und spül die Shaker bitte noch aus!«, wies ihn Benjamin an und klang leicht genervt, vermutlich, weil der nicht von selbst darauf gekommen war? Benjamin verteilte die Biere, griff sich zwei saubere Shaker und füllte sie simultan mit Eis, schnappte sich je eine Flasche pro Hand und goss simultan in jeden Shaker etwas Inhalt, das wiederholte er, bis die Mischung stimmte und mixte den einen Cocktail. Ich war total beeindruckt, das sah nicht nur gekonnt, sondern schon professionell aus! Bobby stellte inzwischen die abgewaschenen Shaker neben die Krüge, ging nach hinten links zur Wand und drückte dagegen. Plötzlich klappte ein Teil der Wand nach hinten raus, da war eine versteckte Tür, wie cool! Sie war bloß auch aus Holz und hatte sich somit nahtlos in die Holzwand eingefügt, echt raffiniert! Wenn Benjamin das gebaut hatte, dann hatte er wirklich Talent! Bobby verschwand durch die Tür, kam kurz danach zurück und schleppte eine Getränkekiste, ächzend stellte er sie ab, Benjamin reichte Paula und mir unsere Cocktails.

»Danke!«, freute ich mich.

»Gerne«, lächelte er uns an, da fiel sein Blick auf den Getränkekasten, der am Boden stand. »Das ist total unsinnig!«, motzte er Bobby an. »Wie willst du den jetzt unter den Tresen schieben? Du musst

ZUERST die leeren Kisten nach draußen bringen und DANN kannst du die vollen hier unten auch abstellen!« Bobby nickte folgsam. »Und schau mal bitte in den Kühlschrank, der muss aufgefüllt werden! Und beeil dich, ich brauch dich hier am Ausschank!« Bobby nickte erneut, stapelte hektisch einige leere Kästen aufeinander, hetzte mit ihnen nach draußen, kam mit einem neuen vollen zurück und schob ihn und den anderen, der immer noch im Weg rumstand, unter den Bartisch. Benjamin nahm inzwischen neue Bestellungen auf und füllte Drinks. »Bobby, zwei Bier!«, rief er dem armen Bobby zu, der gerade geschwind Flaschen aus den Kisten in den Kühlschrank räumte.

»Brauchen die nicht noch eine Hilfe?«, fragte ich Marcello, der hatte erneut seine Nase in meinem Haar vergraben und schnupperte glücklich daran.

»Das schaffen die schon«, antwortete er lässig. Zweifelnd schaute ich Hilfe suchend zu Gregory und Paula, doch die knutschten gerade, mal wieder, wie nervig, die taten echt nichts anderes! Bobby schmiss die Kühlschranktür zu und eilte zu Benjamin.

»Endlich!«, seufzte der erleichtert, schob ihn vor den Zapfhahn und griff sich die Shaker.

»Wusstest du, dass da hinten eine versteckte Tür ist?« Ich war immer noch total begeistert von meiner Entdeckung, Marcello sah mich amüsiert an.

»Baby, ich habe mit Gregory vorhin alles hier reingeschleppt, was glaubst du wodurch?«, feixte er. Oh, das stimmte, aber eigentlich konnte ich das ja nicht wissen, er hatte es mir ja nicht gesagt, ich wusste es ja nur von Benjamin.

»Kann ich mir das mal ansehen?«, fragte ich neugierig, er lachte.

»Von mir aus, ich zeig's dir. Aber da gibt's nicht viel zu sehen.«

»Ich will es trotzdem sehen?« Einen Blick hinter die Kulissen zu werfen, fand ich immer spannend, er nahm mich bei der Hand und zog mich hinter sich links um den Tresen. Benjamin schaute uns fragend an, während er Eis in die Shaker füllte.

»Ich zeig Kathleen unser Getränkelager«, klärte ihn Marcello auf.

Benjamin nickte und sah wieder auf seine Hände, die simultan nun Cocktails mischten, echt faszinierend. »Nimmst du dann bitte die leeren Getränkekisten gleich mit?«

»Klar.« Marcello grinste mich an. »Verstehe. Kannst mir das auch direkt sagen, dass ich denen helfen soll.«

»Nein, ich bin wirklich neugierig. Aber Hilfe schadet ihnen gewiss nicht.« Ich zuckte mit den Schultern. Hinterm Tresen hatte man nun eine ganz andere Aussicht, man blickte in den Raum, gefüllt mit den vielen Menschen und dann hinaus zum Strand, wo sie verteilt in kleinen Grüppchen saßen oder herumstanden. Dahinter schimmerte verheißungsvoll blau das Meer, Wellen brachen sich schäumend ans Ufer, was für ein Arbeitsplatz! Ich seufzte sehnsüchtig, er bückte sich und zog einige Kästen unter dem Tresentisch hervor. »Was ist das?«, wollte ich wissen.

»Was?« Er schaute fragend zu mir.

»Na, das hier?« Ich zeigte auf drei große Fässer aus Alu, zwei standen rechts neben den Getränken unter der Theke und eins, ziemlich im Weg, daneben.

»Bier.«

»Und die habt ihr zu zweit getragen?«, fragte ich entsetzt, das sah total schwer aus.

»Nein, jeder allein.«

»Ihr seid echt verrückt!«, schimpfte ich.

Er grinste, »Ne, stark!«, nahm zwei leere Kästen in die eine Hand und eine in die andere, griff sich noch die neben dem Kühlschrank und trat an mir vorbei zur Tür.

»Marcello, ist das nicht zu viel für dich?«

Er kickte sie mit dem Fuß auf. »Ich bin kein Stadtmädchen, mach dir keine Sorgen«, feixte er. Ich folgte ihm hinaus, ein Lieferwagen parkte direkt davor, dessen Türen waren weit geöffnet und berührten die Rückwand der Bar, so dass ein kleiner Gang entstanden war. Er stellte die Kisten auf die Ladefläche, betrat die Kante, schob die Kisten nach hinten links und sprang federnd wieder hinab. »Links kommen die leeren hin und rechts die vollen und ganz rechts ist Platz für die Krüge später, darunter in dem Kühlfach ist Eis.«

»Cool! Was für ein System!«, sagte ich anerkennend.

»Natürlich. Hier arbeiten Männer, wir denken nach und machen nichts nach Gefühl.«

»Verstehe. Und du meinst also, eine Frau wäre nicht darauf gekommen?«, grinste ich.

Er küsste mich auf die Stirn. »Ist ja keine Frau draufgekommen, sondern wir!« Nun küsste er mich sanft auf die Wange.

»Du bist so ein Tiger Macho«, seufzte ich verliebt. Da sprang die Tür auf und hätte mich beinahe gestoßen, beschützend zog er mich an sich, Bobby sah gehetzt heraus.

»Marcello, kannst du einen Kasten Wasser und Saft reinholen, danke!« Sie fiel wieder zu, Marcello seufzte.

»Okay, genug gesehen?«

Ich nickte. »Danke. Aber, was ist das?« Ich wies auf einen Schlauch, der links neben der Tür aus der Wand kam und nach rechts verschwand.

»Abwasserschlauch vom Waschbecken.«

»Und wo geht der hin?«

»In den Wald.«

»In den Wald!«, wiederholte ich empört. »Das ist total umweltverschmutzend!«

Er schüttelte den Kopf. »Ist es nicht, Benjamin benutzt nur biologisch abbaubares Spülmittel.« Er sprang erneut auf die Ladefläche und schob zwei volle Kästen an die Kante.

Ich betrachtete den Lieferwagen. »Woher habt ihr eigentlich dieses Auto?«

Er stieg runter. »Von Gregorys Mutter, ist ihr Lieferwagen für den Laden.«

»Ah okay, mit dem hatte er doch vorhin auch Paula vom Bahnhof abgeholt!«, erinnerte ich mich, allerdings erkannte ich das Fahrzeug aus dieser Perspektive, von hinten und offen, nicht wieder.

»Ja, sie haben nur das eine Auto und teilen es sich.« Er hievte beide Kisten heraus.

»Marcello, das ist zu schwer!«, rügte ich ihn.

Er schüttelte den Kopf. »Machst du mir die Tür auf?«, fragte er etwas gepresst vor Anstrengung.

»Natürlich!« Ich riss sie auf und folgte ihm hinein. An der Theke drängten sich die Menschen, Benjamin mixte Cocktails, Bobby zapfte Bier, es war ein Wahnsinnsandrang!

Marcello stellte die Last ab und nahm mich an der Hand. »Komm.« Wir verließen den Tresenbereich und waren in der Menge, er hielt schützend die Arme und mich und schob mich vor sich. Wir erreichten Gregory, der nickte ihm zu und schob ihm ein Bier hin. »Danke, Bro.« Marcello zog mich in seine Arme, nahm es und trank, ich fand meinen Cocktail wieder und sog langsam am Strohhalm. Er setzte den Krug ab und rülpste, Gregory lachte. »Sorry, Babe«, grinste Marcello frech, wischte sich mit dem Handrücken über den Mund und gab mir einen Kuss.

Belustigt schüttelte ich den Kopf, immer mehr Leute drängten sich um uns. »Ist das voll hier!«, rief ich aus und hielt es kaum noch aus in dem Gemenge.

»Die wollen sich alle schnell noch was zu trinken holen, bevor es los geht!«

»Was geht los?«

»Die BEACH MEGA GAMES-MEISTERSCHAFTEN!«, grölte Gregory

... Fortsetzung folgt ...

Wann kommt die Fortsetzung?

Sobald der Erscheinungstermin feststeht, wird dies auf der Website und den Social-Media-Kanälen bekannt gegeben, deswegen folgt mir auch für Specials wie Livestreams, Bonusstorys und anderen Extras.

 BOOK QUIZ ANSWERS

Band 3 Marcello's Home

Viel Spaß beim Book Quiz! Hier die Antworten von Band 3 Marcello's Home, für jede richtige Antwort gibt es 10 Punkte!

WAHR/FALSCH
1. Marcello hat eine Schwester.
Wahr.
2. Marcellos ganze Familie besteht aus Tigern.
Falsch, seine Schwester ist ein Mensch.
3. Marcello trinkt Tee immer schön heiß, das liebt er besonders.
Falsch, er verträgt nur kalte Getränke.

QUIZ-FRAGEN
4. Welche Farbe hat der Farn?
Blau.
5. Welches Schmuckstück trägt Benjamins Vorfahre auf der Zeichnung?
Eine Muschelkette.

 BOOK QUIZ ANSWERS

6. Wie sieht das Mineral Tigerauge aus und wo wird es aufbewahrt?
In einer Vitrine im Museum in einer, mit rotem Samt ausgeschlagenen, Schatulle liegt ein Stein oder Mineral und es sieht aus wie ein Auge ist gelb und hat in der Mitte einen schwarzer Fleck wie eine Pupille.

7. Wie taufen sie den Papagei im Museum?
Benjamin der Dritte.

8. Was macht Marcello in Claudias Garten?
Er mäht ihn mit einem Rasenmäher.

 BOOK QUIZ Band 4 Beach Party

Viel Spaß beim Book Quiz! Die Antworten erscheinen im nächsten Band, für jede richtige Antwort gibt es 10 Punkte! Erreicht: (/70)

WAHR/FALSCH
(bei Falsch richtige Antwort ergänzen)

1. Benjamin wohnt direkt neben Marcello.

2. Marcello bringt zum Putzen Blumendünger mit.

3. Gregory hat Marcello beim Einzug kennengelernt, da sie Nachbarn sind.

4. Gregory hat immer Nachhilfe gegeben und die Deko für die Schulveranstaltungen gemacht.

QUIZ-FRAGEN

5. Wie viele Räume hat Marcellos Zuhause und welche sind es?

 BOOK QUIZ Band 4 Beach Party

6. Marcello bringt so viele Sachen von Benjamin zurück, drei Sachen hat er allerdings vergessen, welche sind es?

7. Wer ist alles auf dem Foto zu sehen, dass in Marcellos Nachtischschublade lag und in welcher Reihenfolge stehen sie nebeneinander?

 BOOK SPECIALS

Wie entstand die Buchidee?

Die Grundidee des Buches basiert auf einen Traum, den ich hatte, anbei meine Originalaufzeichnung davon.

Traumzusammenfassung: Ich bin mit einem dunkelhäutigen Typen zusammen, der sich in einen schwarzen Tiger verwandeln kann (Farbe wie Panther, Form Tiger), wir sind im Urlaub.

Traumbeschreibung: Vorher war ich in meinem Apartment und da war ein Mädchen schwanger von einem Typen, der schlecht die Sprache beherrschte. Sein Bewährungshelfer saß mit denen am Bett dabei und sprach von der großen Verantwortung, von der sie nicht erwarten konnte, dass er sie tragen könne, aber dass das natürlich was sehr Gutes für seine Entwicklung sei, wenn er mit ihr Wurzeln schlüge. Dann wollte sie ihren Koffer runtertragen und ich half ihr dabei, auf der Treppe rief ich: »Hey, du deine schwangere Freundin braucht hier Hilfe!« Da ließ sie den Koffer los, er fiel auf die Treppenstufen und sah mich an, ich meinte: »Es tut mir leid. Ich mag es bloß nicht, wenn Männer keine Gentleman sind.« Sie drehte sich um und ging, ich packte den Koffer allein, hievte ihn die letzten Stufen runter und stellte ihn ab. Der Typ kam die Treppe herunter, zum Glück hatte er mich nicht gehört, da er völlig unbeteiligt wie vorher aussah und es ihm überhaupt nicht seltsam vorzukommen schien, warum ich den Koffer seiner Freundin die Treppen runterschleppte.

Ich ging spazieren an einer Strandpromenade und neben mir lief mein Freund als schwarzer Tiger. Ich hatte meine Hand auf seinem Rücken und spürte, wie stark er war, wollte am liebsten auf seinen Rücken steigen, dass er mich trug und wir zusammen lossprinteten, auf seinem Rücken ritt, aber traute mich nicht, es waren so viele Leute da. So ging ich stolz neben meinem Beschützer, dem schwarzen Tiger, dann wurde er auch mal Mensch mit dunkler Haut. Ich war total verliebt in ihn und er in mich, er hielt meine Hand, wir waren ein Paar. Als er wieder Tiger war, sagte ich: »Soll ich dir nicht was zu essen besorgen, ein Steak, oder so?« Er grinste, ich sagte: »Na ja, es sind bloß so viele Menschen hier und nicht, dass du da hungrig reingehen musst.« Er meinte: »Ich bin nicht hungrig. Und esse kein Steak, ich hole mir was von außerhalb.« Damit zeigte er in die Wälder rechts von uns. Wo wir langgingen, flanierten auch andere Menschen und mein Tiger beschützte mich. Ich drängte mich an ihn beim Gehen, an seinen starken, geschmeidigen Körper, doch er brauchte gar nicht jemanden anzuknurren oder seine Zähne zu blecken, es reichte schon aus, dass er neben mir war. Ich war so stolz einen Beschützer zu haben und fühlte mich sicher. Es war ein so tolles Gefühl, ich fühlte mich gleich stärker mit ihm an meiner Seite und konnte dadurch verletzlicher und weicher sein, meine weiße Hand lag auf seinem schwarzen Rücken, ich spürte seine Muskeln unter der Haut, die sich bei seinem Gang bewegten. Wir gingen runter von der Promenade und da war der Eingang zu einer Art Vergnügungspark am Strand. Ich sagte zu ihm: »Willst du nicht dich als Mensch verwandeln?« Er entgegnete: »Wieso? Das ist meine wahre Gestalt! Die müssen mich so akzeptieren, wie ich bin.« »Ich meine ja nur, nicht, dass sie uns nicht reinlassen. Schließlich bist du ein Tiger!« Das war ja schon was Gefährliches. So stand ich vor dem Ticketschalter mit dem Tiger, der Typ sagte nichts im Häuschen, ich sagte: »Zwei Tickets«, da bewegte er sich routiniert und nannte den Preis, ich widersprach: »Was? Aber es ist doch schon 19 Uhr, gibt es da keine Ermäßigung?« Er antwortete: »Das Ticket ist einen Tag gültig.« Ich: »Wann schließen sie denn?« Er: »Gehen sie rein, bis 20 Uhr.« Ich: »Was? Sie schließen um 20 Uhr? Dann lohnt sich die Karte ja gar nicht.« Er: »Nein, ich sagte, gehen sie so rein für eine Stunde, bis 20 Uhr. Ist okay.« Ich war total froh, bevor ich an den Schalter gegangen war, waren Leute ohne Karte vor mir so reingegangen und ich dachte noch, hätte ich es auch getan, aber ich wollte eben korrekt sein. Dachte mir, so was ging eben auch nur im Ausland, bei uns Zuhause wäre das nie gegangen. Mein Freund war wieder Mensch und sagte: »Das ist ja super! Danke! Wir gucken uns auch nur hier vorne die Verkaufsstände an und morgen kommen wir früher und nehmen die Tageskarte!« »Ja, die Stände sind super!«, antwortete der Typ. Ich war überrascht, wie gut das geklappt hatte mit ihm als Tiger. Vermutlich waren die Leute inzwischen einfach alles gewöhnt. Oder es war ihnen egal. Sie hatten sicher anfangs Angst, aber es war auch nicht schlecht, wenn Leute Respekt vor einem hatten und einen ernst nahmen. Wir gingen also rein und er wurde wieder ein Tiger. Ich war überrascht, dass keiner der Leute das seltsam fand und alle wie selbstverständlich damit umgingen. Dann gingen wir in ein Gasthaus rein, er wurde wieder Mensch, dort am hinteren Tisch an der Wand winkten zwei Leute. »Sind das deine Freunde?«, fragte ich ihn, sie waren es, wie gut, dass wir reingekommen waren, sonst hätten wir die ja gar nicht getroffen! Aber jetzt konnten wir gar keine Stände mehr ansehen, dann könnten wir ja vielleicht doch länger als eine Stunde hierbleiben, wenn wir im Restaurant mit den anderen saßen. Es saßen total viele von seinen Freunden, acht, am Tisch. Er bekam einen Platz, dem sie ihn freigehalten hatten, zugewiesen. Mich schauten sie alle höchst neugierig an, weil er wohl noch nie jemanden mitgebracht hatte, sie hatten keinen Platz für mich, so schob ich mir da selber so ein paar Stühle rum und saß schließlich an der äußersten Kante rechts neben ihm. Da fragte mich der »Leader«, ein stämmiger Bursche, blond, die Hemdsärmel hochgekrempelt zu den Ellenbogen: »Was trinkst du?« Ich sagte: »Weiß ich noch nicht, ich schaue mal in die Karte.« »Es gibt keine Karte.« Ich: »Echt? Na dann nehme ich einen Wein.« Sie sahen mich an, als ob ich mich für was Besseres halten würde. »Wir trinken alle Bier«, sagte der Leader, ich antwortete: »Ich mag kein Bier.« Ich winkte dem Kellner zu: »Die Weinkarte?« So was mussten die da haben! Er sagte so was wie: »Die hat aber ihren Preis.« »Ich würde sie trotzdem gerne sehen.« Da kam er glücklich an und meinte: »In dem Falle würde ich ihnen diesen Wein empfehlen.« Ich sah, der kostete sehr viel pro Glas, blätterte vor und fand einen günstigen Wein, der andere Wein klang aber wirklich gut und sagte: »Okay.« Die anderen tranken alle ihr Bier.

Wachte auf und spann weiter, die Freunde mochten mich nicht, fragten mich aus, wo kommst du her? Aus der Stadt und dann fragte ich zurück, sie kamen und wohnten immer noch alle in dem kleinen Dorf, wo mein Freund auch wohnte, arbeiteten alle im Bergbau, die Mädels in der Wäscherei, kleinen Geschäften im Ort als Verkäuferin. Dann redeten sie alle miteinander und ich war ausgeschlossen und saß da praktisch allein. Mein Wein kam, ich stieß mit dem Bier von meinem Freund an. Er hielt meine Hand und ich spürte die Tatze und sah beides überlappt, sein Gesicht, mit der schwarzen Tigernase und den gelben Augen, spürte seine Tatze, war cool.

BOOK JOURNAL

Titel: Band 4 Beach Party, Buch 1 Coming Home,
Serie: Schwarzer Tiger, Autor: TWINS,
Genre: Fantasy Lovestory, Erschienen 2023
o Printbuch   o E-Book
Angefangen am: Beendet am:
 O O O O O Bewertung:

Darum geht es:

Was mir gut gefallen hat:

Was mir nicht gefallen hat:

 BOOK JOURNAL

Was mich überrascht hat:

Wie es weitergehen wird:

Lieblingszitate:

Eigene Notizen:

Platz für eigene Notizen: